Classic 01

聽差菲爾

How Phil Brent Won Success

霍瑞修‧愛爾傑◎著
(Alger Horatio)

聽差菲爾

目錄

目錄

聽差菲爾

　　菲爾自幼生活在美國東部的一個小村莊裡，過著平靜而單純的生活，直到有一天，他父親的去世打破了這種平靜。他的繼母布倫特太太告訴了菲爾一個秘密，菲爾的生活從此發生了變化……

　　從此以後，菲爾決心要過獨立而富有尊嚴的生活，於是他決定前往紐約，在這個大都市裡尋找新的生活，就這樣一場冒險開始了。

　　但很快，菲爾就發現，在大城市生活並不像自己想像得那麼簡單。剛開始的時候，單純的菲爾接連上當受騙，生活曾經一度陷入窘境，甚至到了無以為繼的地步，可是另一方面，恰恰是他的單純與善良幫助了他，使他不僅徹底改變了自己的生活，而且還得到了意外的驚喜……

1
菲爾的麻煩

　　大雪茫茫，菲爾正在艱難地往家裡趕。跟他住在一起的，還有繼母和一個同父異母的兄弟。突然，一個又濕又硬的雪球向他飛來，狠狠地打在他的腦袋上。這讓菲爾感到疼痛難忍，一時之間，他不由得怒氣橫生。

　　他兩眼冒火，突然轉過身來，想找出肇事者——肯定是有

人在暗算他。

他向周圍看了看，身旁只有一個戴著眼鏡、相貌和藹的老先生，除此之外，再也沒有其他人了——看老先生走路的樣子，他肯定非常吃力。

毫無疑問，雪球絕不是老先生扔過來的，於是菲爾就開始向更遠的地方尋找，就在這個時候，他聽到了幾聲吃吃的笑聲，好像是從路旁一面石牆的後面傳來的。

「我倒要看看到底是誰幹的。」菲爾自言自語道，於是他艱難地穿過雪地，爬上石牆，突然看到一個跟自己年齡差不多的男孩子正玩命地往前狂奔。

「原來是你，喬納斯！」菲爾憤怒地大叫道：「我還以為是哪個卑鄙的傢伙幹的呢！」

喬納斯是菲爾的同父異母兄弟，是個一臉雀斑的傢伙。喬納斯萬萬沒有想到自己會被發現，所以臉上不僅露出一副驚恐的表情。因為心虛，喬納斯拔腿就跑，越跑越快，很顯然，憤怒也加快了菲爾的速度，所以，菲爾很快就追上了喬納斯。

「為什麼用雪球打我？」菲爾一邊憤怒地問道，一邊一把揪住了喬納斯的衣領，用力地推搡著。

「放開我！」喬納斯一邊說著，一邊想用力掙脫，可是怎麼也掙脫不了。

「說，為什麼要用雪球打我？」菲爾的口氣非常堅定，一

副絕對不受侮辱的樣子。

「我高興，」喬納斯好像並不在乎後果，「打傷你了嗎？」

「應該是傷到了，雪球太硬了，像炸彈一樣。」菲爾嚴厲地說道，「不能就這麼算了吧？」

「我只是開個玩笑而已。」喬納斯突然明白了事情的嚴重性，他覺得自己還是小心點好。

「可是我並不喜歡你開的這種玩笑，我想你也不會喜歡我開玩笑的方式吧！」菲爾一邊說著，一邊用力把喬納斯壓到地上，抓起一把雪就往他的臉上抹去。

「你要做什麼？」喬納斯一臉驚恐地問道，「你是要殺了我嗎？」

「我只是想好好給你洗個臉罷了。」一邊說著，菲爾一邊用力地擦了起來。

「趕快停止，不然我就告訴媽媽！」喬納斯大聲喊道，同時用力地掙扎。

「好啊！最好也告訴她我為什麼會這樣做。」菲爾說道。

喬納斯一邊掙扎一邊尖叫，但這一切好像都無濟於事。菲爾繼續用雪擦他的臉，直到覺得自己已經報復夠了才停止。

「起來吧！」他說道。

喬納斯從雪地上爬起來，一張醜臉因為憤怒而抽搐不停。

「你會因此受到懲罰的！」喬納斯叫嚷道。

「沒關係！」菲爾一臉的不在乎。

「你是村子裡最卑鄙的傢伙。」

「還是讓那些更瞭解我的人去下結論吧！」

「我要把這件事情告訴媽媽！」

「去吧！」

喬納斯一邊叫嚷著，一邊往家裡走去，菲爾也沒有阻止他。

他一邊看著喬納斯離去的背影，一邊在心裡想著：「這下麻煩了，可是我也沒有辦法啊！布倫特太太總是袒護自己的寶貝兒子，母子倆一副德性。不過我想事情也不一定那麼糟糕。」

菲爾決定先不回家，等喬納斯告完狀再說。於是他就先在外面待了半個小時，然後才悄悄地從家裡的偏門走進去。他把門打開，用旁邊的掃帚掃理了一下靴子上的雪，然後打開裡面的門，走進廚房。

菲爾往屋子裡一看，發現裡面沒有一個人，不由得在心裡暗暗慶幸起來。他真希望自己的繼母布倫特太太（菲爾從來不喊她媽媽）現在不在家。可是就在這個時候，隔壁的房間突然傳來一聲微弱而尖利的呼喚，麻煩來了！

「菲爾‧布倫特，過來！」

菲爾只好走了進去。

在爐火旁邊有一把搖椅，上面坐著一個身材瘦小的女人，她嘴唇扁平，表情嚴肅，兩隻眼睛裡放出冷漠的光──應該沒有人會喜歡這樣一個女人。

在旁邊的一張沙發上，躺著剛剛被菲爾收拾過的喬納斯。

「我來了，布倫特太太。」菲爾理直氣壯地說道。

「菲爾・布倫特，你難道不感到可恥，不為自己的行為感到臉紅嗎？」布倫特太太尖聲叫道。

「有什麼好臉紅的？」菲爾反問道，他並不怕布倫特太太。

「看看沙發上那個剛剛被你傷害過的人吧！」布倫特太太一邊說著，一邊用手指了指喬納斯。

好像是為了應和母親的話，喬納斯在這個時候呻吟了一下。

菲爾差點沒笑出聲來，他覺得這實在是太可笑了。

「你還笑！」布倫特太太厲聲問道：「不過我也習慣了，你從來不會為自己的粗暴行為感到可恥！」

「您是說我對喬納斯很粗暴嗎？」

「你終於承認了！」

「不，布倫特太太，這不是我做的，我不承認。」

「是嗎？豺狼又在埋怨羔羊的粗暴啦！」布倫特太太挖苦道。

「我看喬納斯並沒有告訴您事情的真相，您知道他用一塊堅硬的雪球砸我的事情嗎？」菲爾接著問道。

「他說自己只是把一點點雪撒到你頭上，是在和你開玩笑，可是你卻像隻老虎一樣撲到他身上。」

「不是這樣的，」菲爾說道：「您不知道那個雪球有多硬，如果他再扔得高一點的話，我就會被打昏了。即使給我10美元，我也不願意再被打一下。」

「不是那樣的，媽媽，別相信他說的話！」躺在沙發上的喬納斯辯解道。

「那你是怎麼對待他的？」布倫特太太繼續皺著眉頭追問道。

「我把他壓在地上，用雪擦他的臉。」

「你這樣做會把他凍死的，你知道嗎？」布倫特太太明顯

帶著敵意，「說不定他會因此罹患腦膜炎。」

「那他打我的事就這樣算了嗎？」菲爾氣憤地問道。

「你肯定是有些誇張了。」

「就是嘛！」喬納斯插嘴道。

菲爾輕蔑地盯著喬納斯看了看。

「你就不能說句實話嗎？喬納斯。」他問道。

「你不能當著我的面侮辱我的兒子！」顴骨突起，一臉雀斑的布倫特太太叫道：「菲爾‧布倫特，我實在無法忍受你的無禮。難道就因為我是女人，你就可以在我面前如此猖狂了嗎？你這樣想可就大錯特錯了。看來是該讓你明白一些事情的時候了，不然你永遠改不了這種德性。知道嗎？你其實什麼也沒有，完全在靠我的施捨生活。」

「什麼？難道爸爸把財產都留給您了？」菲爾問道。

「他不是你爸爸！」布倫特太太冷冷地說道。

聽到這些話從自己的繼母嘴裡說出來，菲爾不禁感到一陣震驚。

他覺得自己簡直快崩潰了，他以前一直堅信傑拉爾德‧布倫特就是自己的父親，對於這點，他確信無疑，就好像對於整個宇宙的存在確信無疑一樣，可是現在，他感覺腳下的地球簡直都要崩裂了。

喬納斯也驚訝不已，他一時忘了自己眼前所處的情況，

「砰」地一聲從沙發上坐起身來，嘴巴張得很大，兩隻眼睛在母親和菲爾身上掃來掃去。

「啊！」他的口氣中同時包含著一絲驚訝，還有一絲迷惑。

「您能再說一遍嗎？布倫特太太！」剛剛從驚訝中回過神來的菲爾實在不敢相信自己的耳朵。

「我想我已經說得夠明白了。」布倫特太太對自己的話引起的效果感到非常滿意，「我說的很清楚，布倫特先生並不是你的父親。」

「我不相信！」菲爾脫口喊道。

「你是不願意相信吧？」繼母好像並沒有感到震驚。

「是的，我可不願意相信您。」菲爾目不轉睛地盯著布倫特太太。

「你居然懷疑一個女士的話，真是有教養啊！」布倫特太太嘲諷道。

「碰到這種事情，誰說的話我都不相信，除非您能證明這一點。」菲爾說道。

「好啊！我可以給你證據，來，坐下，我把整件事情的經過詳細說給你聽。」

菲爾在旁邊的一張椅子上坐了下來，目不轉睛地盯著布倫特太太。

「既然我不是布倫特先生的兒子，那我到底是誰的兒子呢？」菲爾急切地問道。

「別著急！」布倫特太太突然轉向自己那愚蠢的兒子，說道：「喬納斯，你千萬不能把這個秘密告訴別人，知道嗎？」

「知道了，媽媽！」喬納斯馬上回答道。

「好吧！那我就告訴了。菲爾，在你很小的時候，你的父親，也就是布倫特先生，曾經在俄亥俄州一個叫富爾頓維爾的小鎮住過一段時間，你應該知道這件事情吧？」

「是的，他曾經跟我說起過這件事情。」

「你還記得他當時是做什麼生意的嗎？」

「旅館。」

「沒錯，他開了一家很小的旅館，不過富爾頓維爾也是個小地方，只需要這麼大一家旅館就可以了。除了少數從附近鎮上過來做生意或者是從城裡來的鼓手之外，旅館裡平時並沒有多少客人。一天夜裡，一位先生帶著一個很特別的客人（一個大約三歲的男孩）來到旅館，當時孩子罹患重感冒，非常需要照顧，於是布倫特先生的妻子……」

「我媽媽？」

「對，就是那個讓你喊她媽媽的女人，」眼前的這位布倫特太太糾正道：「就主動提出要照顧那個孩子。那位先生很高興地答應了，於是那個孩子被帶到布倫特太太的房間裡，吃

了點藥，結果第二天就恢復得差不多了。你的親生父親感到非常高興，於是他就請當時的布倫特太太在自己出差的時候照顧你一個星期。等事情辦完之後，你的親生父親就會過來接你，並好好報答一下布倫特夫婦。當時的布倫特太太很高興地答應了，你知道，她本來就很喜歡小孩子。於是你的親生父親就把你留給了布倫特夫婦，然後就出發了。」

說到這裡，布倫特太太突然停了下來，菲爾一臉懷疑地看著她。

「然後呢？」菲爾問道。

「哦！你想知道然後發生了什麼事情嗎？你對這個故事這麼感興趣嗎？」布倫特太太一臉嘲諷地問道。

「是啊！布倫特太太，不管它是真的還是假的。」

「其實也沒什麼，一個星期過後，你的感冒完全好了，你也逐漸適應了旅館裡的生活，開始又活蹦亂跳了起來。可是不幸的是，你的父親從此再也沒有回來。」

「什麼？再也沒有回來？」菲爾重複道。

「是的，布倫特夫婦再也沒有聽到任何關於他的消息。於是他們相信你的親生父親並不打算要你了，這一切都是事先安排好的。不過他們當時也開始喜歡你了，而且他們自己也沒有孩子，所以就決定把你留在自己的身邊。當然，他們為此還編了一些故事，說你是他們朋友的孩子。後來，布倫特先生離

開了俄亥俄州，來到了我們現在住的地方，於是他也就不用撒謊了，乾脆直接告訴別人你是他的兒子。這個故事很富傳奇色彩，不是嗎？」

菲爾兩隻眼睛繼續盯著繼母，可是他實在看不出這個女人在撒謊。突然之間，他產生了一種巨大的憂慮，唯恐這一切都是真的（這從她的臉上很容易看出來）畢竟，他很討厭自己的繼母，也不大容易相信她的話。

「您有什麼證據呢？」過了一會兒之後，菲爾問道。

「布倫特先生在跟我結婚之前告訴過我這件事情，他認為我應該知道。」

「那他為什麼不告訴我呢？」菲爾問道。

「他怕你會感到難過。」

「可是您卻並不在乎我是否會難過？」菲爾撇著嘴巴繼續問道。

「當然，我不在乎，」布倫特太太一臉詭異地笑道：「我從來沒有喜歡過你，也不用假裝喜歡你，而且今天我發現你居

然對喬納斯這麼粗暴，就更沒理由喜歡你了。」

　　雖然極力想裝出受傷的樣子，可是喬納斯臉上驚訝的表情一時還真的轉換不過來。

　　「您的解釋倒是很圓滿啊！布倫特太太，」菲爾回答道：「可是到現在為止，您還沒有拿出任何證據啊！」

　　「等一下，」布倫特太太一邊說著，一邊走到樓上，取下來一張照片，上面是一個三歲的男孩，「你以前見過這張照片嗎？」

　　「沒有。」菲爾一邊看著照片，一邊一臉迷惑地回答道。

　　「這是布倫特夫婦在決定收留你的時候幫你照的，他們給你穿上了你剛來的時候穿上的衣服，這樣就可以在必要的時候確定你的身分了。」

　　照片上的孩子穿著一身華麗的衣服，顯得漂亮又可愛，顯然不是一個鄉下的孩子。菲爾看得出來，這確實是自己的照片。

　　「還有樣東西給你看。」布倫特太太一邊說著，一邊拿出了那張包著照片的白紙，只見上面寫著一些字，菲爾一下子就認出那是布倫特先生的筆跡：

　　照片上的孩子於1863年4月被帶到我的旅館，從此就再也沒有人來領走。我想把他當作自己的兒子扶養，可是還是決定要記錄下他被送到我這裡的整個過程，並把他當初的樣子照了下

來。

傑拉爾德‧布倫特

「你認得這個筆跡嗎？」布倫特太太問道。

「當然。」菲爾一臉地回答道。

「或許你現在還在懷疑我剛才說的話！」布倫特太太得意地說道。

「可以把這張照片留給我嗎？」菲爾反問道。

「當然可以，你有這個權利！」

「那張字條呢？」

「我想還是我來保管吧！免得唯一的證據被毀滅了。」布倫特太太說道。

菲爾好像不明白她的意思，不過他還是拿著照片離開了屋子。

「媽媽，這下可以好好嘲弄一下菲爾了，我想他以後不會那麼囂張啦！」一臉雀斑的喬納斯不由得喜形於色。

2
菲爾的抉擇

　　離開布倫特太太之後，菲爾覺得自己好像掉進了一個新的世界裡面。他不再是菲爾‧布倫特了，而且更糟糕的是，連他自己也不明白自己究竟是誰。他對前途感到一片迷茫，只能確定一件事情：他的一生將從此發生變化。布倫特太太說過，他完全是依靠她過生活的。可是他決定不再這樣過下去了，這個

家即使在最富裕的時候也沒有讓他感到絲毫快樂過。一想到今後要靠這樣一個女人生活，他就感到無法忍受。他決定要離家出走，要去闖出一片屬於自己的天空。需要說明的是，菲爾的這個決定並不是一時衝動的傻念頭（很多孩子都因為這種念頭而離開自己的家），他現在做出這個決定，只是因為他突然感到這裡並不是自己真正的家。

首先，他需要一筆錢，可是當他打開錢包的時候，卻發現自己身上只有1美元37美分，他根本不可能用這點錢去闖天下。不過他還有其他賺錢的辦法：他有一支槍，很多朋友都想要，他可以把它賣了；而且他還有一艘船，也可能賣一些錢。

在村子裡的路上，他遇到了木匠路本・戈登，他的收入不錯，從來不缺錢用。

「你好啊！菲爾。」路本熱情地招呼道。

「我正想找你呢！你不是想買我的槍嗎？」菲爾問道。

「是啊！你要賣了嗎？」

「我並不想賣掉它，可是我現在需要用錢，所以如果你要買的話，我就把它賣給你吧！」

「多少錢？」路本問道。

「6美元吧！」

「太貴了，5美元吧！」

「好，賣給你，」菲爾頓了頓，然後接著說道，「你什麼

時候把錢給我？」

「你今天晚上把槍帶來我家裡，我再把錢付給你。」

「好，對了，你知道誰還想買我的船嗎？」

「什麼？你要把船也賣了？」

「是的。」

「你是要歇業了嗎？」路本警覺地問道。

「是的，我要離開普倫克鎮。」

「是嗎？那就怪了，你要到哪裡去啊？」

「我想可能是去紐約吧！」

「你要在那裡工作嗎？」

「是的。」

這裡必須說明，事實上，菲爾根本沒有任何明確的打算，他只是覺得在紐約那樣的大城市應該比較容易找到工作，任何願意工作的人都會有機會的，所以他才告訴路本自己打算去紐約。「我可沒有想過要買那艘船。」路本說道。

菲爾明顯地感到路本話裡有話，於是他趕忙對路本說道：「你要買嗎？我可以賣你便宜點。」

「多少錢？」

「10美元。」

「太貴啦！」

「我買的時候可是用了整整15美元呢！」

「可是它現在已經是二手貨了。」路本說道。

「其實跟新的差不多，你想想看，再說我只要10美元。」

「我還是覺得有些貴了。」

「那你想出多少錢呢？」

經過一番討價還價之後，路本最後同意以7美元75美分的價格買下這艘船，雙方商定當天晚上一手交錢一手交貨。

「我想我也沒什麼好賣的了，」菲爾想道：「我還有雙冰鞋，不過大概賣不了多少錢，就送給湯米當禮物吧！他可買不起。」

湯米是個可憐寡婦的兒子，晚飯之前，菲爾把冰鞋送到了湯米的家裡，湯米高興極了。

吃過晚飯之後，菲爾把船的鑰匙和槍帶到路本家裡，路本按照雙方協定的價格付了錢。

「我是不是應該告訴布倫特太太我要離開了呢？或者我是不是應該給她留張紙條？」菲爾心裡想想。

想了半天之後，菲爾還是決定要當面把這件事情告訴布倫

聽差菲爾

特太太：「我想我應該告訴您，我明天就要離開這裡了。」

布倫特太太正在忙著自己的事情，一聽到這些話，她連忙抬起頭來看著菲爾，一雙冷漠、陰沈的眼睛上下打量著菲爾。

「你要離開？」布倫特太太問道：「去哪裡啊？」

「可能會去紐約吧！」

「為什麼？」

「跟大家一樣，去找機會。」

聽到這裡，布倫特太太冷笑著說道：「可是他們未必能找到啊！還有其他原因嗎？」

「是的，主要是因為您昨天說的那番話，您說我是在靠您生活。」

「沒錯啊！」

「您還說我甚至連姓布倫特的資格都沒有。」

「是，我確實這麼說過，沒有錯。」

「那好吧！我想我今後再也不會依靠您了。我要靠自己的力量生活。」菲爾說道。

「我並沒有意見，或許你是對的，但你考慮過鄰居們會怎麼說嗎？」

「他們會怎麼說？」

「他們會說是我把你趕出家門，我可不願意被人這麼議論。」

「可是事實並非如此，我並不喜歡這個家，但是我還是想問一下，如果我願意的話，我是不是可以繼續留下來呢？」

「可以。」

「但是您並不反對我離開？」

「是的，如果你能讓鄰居們知道是你自己想離開，而不是我趕你走的話，我也不反對你離開？」

「好吧！如果有人願意責備我的話，我倒是很願意被人責備。」

「那好吧！你去拿張紙來，我說你寫。」

於是菲爾從父親的書桌上拿來一張紙，開始按照布倫特太太的意思寫了起來。

只聽布倫特太太說道：

我，菲爾，經布倫特太太同意之後，自願離家出走。此舉完全出於我的本意，不需任何人為此負責。

菲爾·布倫特「你還是可以姓布倫特，因為你根本沒有別的姓。」布倫特太太說道。

聽到這些話，菲爾不禁皺起了眉頭。想到自己對自己的身

世一無所知，他不禁感到難過。「還有，」布倫特太太說道：「現在才8點鐘，我想你最好去見一下自己的好朋友，告訴他們是你自己想離開的，我並沒有逼你。」

「我會的！」菲爾回答道。

「也許你可以明天再做這件事情。」

「不，我打算明天早上就走。」

「那好吧！」

「明天早上就走？」喬納斯一邊從外面走了進來，一邊嘴裡重複道。

布倫特太太把菲爾的計劃簡單重複了一下。

「那你把冰鞋留給我吧！」喬納斯說道。

「不行，我已經送給湯米。」

「你應該先想到我啊！」喬納斯嘟囔著說道。

「不，湯米是我的好朋友，可是你並不是。」

「算了，但無論如何，你應該把你的槍和船送給我。」

「我已經把它們賣掉了。」

「實在太可恨。」

「我不明白你為什麼想得到這些東西，可是我需要換點錢用，至少幫助我熬到找到工作的時候。」

「如果你願意的話，我可以負擔你去紐約的路費。」布倫特太太說道。

「不用了，我想我的錢應該夠用了。」菲爾回答道，他再也不想拿布倫特太太的任何東西。

「那隨便你吧！我只是提個建議。」

「好的，我會記住您的好意。」

那天晚上，就在睡覺之前，布倫特太太打開了一個箱子，從裡面拿出了一張摺疊著的紙。

那是她丈夫的遺囑，只見上面寫道：

現留給我的菲爾‧布倫特（很多人或許都認為他是我的兒子）5000美元，並將這筆錢交給他的監護人代管，直到孩子年滿21歲。

「他永遠也不必知道這件事情，我還是給喬納斯留著吧！」布倫特太太自言自語道。

她拿著遺囑猶豫了一會兒，不知道是否應該銷毀它，但最後她還是決定把它放回原來的地方。

「是他自己要離家出走的，或許他今後再也不會回來了，我真希望這樣，誰也不能說是我把他趕走的。」她接著自言自語道。

3
萊昂內爾先生

　　如果是在半年前，菲爾根本不會考慮到離家出走的。那時
父親還在，他非常喜歡菲爾，甚至連暗中討厭菲爾的繼母也不
敢表示出任何的不高興。就這樣，在父親的呵護下，菲爾一直
過著無憂無慮的生活，根本不在乎布倫特太太是否喜歡自己。
至於喬納斯，由於布倫特太太早就警告過他不許招惹菲爾，以

免自找麻煩。當然喬納斯也非常明白自己當前所面臨的形勢，於是他就老老實實地聽母親的話。可是一等到父親去世，所有的情形都發生了變化，喬納斯和母親的態度立刻有了大轉彎，他們開始不把菲爾放在眼裡了。

普朗克鎮距離紐約75英里，車費是2美元25美分。

對於手頭並不寬裕的菲爾來說，這可是一筆相當大的費用，但他仍然希望能夠盡快去這個大都市。可是在菲爾看來，坐車去紐約還是比走路要便宜些，因為如果走路的話，他就必須化很多錢在路上購買食物。

於是他上了火車，在車廂裡找到座位，把裝滿內衣的小提包放在旁邊的位子上。車廂裡的乘客並不多，他旁邊的位置也沒有什麼人。

列車飛速地向前奔馳，菲爾也興致勃勃地看著窗外的風景。他今年16歲了，很少有像他這麼大的孩子會喜歡乘車旅行，所以車上幾乎沒有像他這麼大的孩子。可是菲爾也是因為實在走投無路才決定這麼做的。需要說明的是，菲爾目前並沒有對自己眼前的處境感到悲觀，相反的，他覺得興奮極了，簡直像要飄起來了一樣——在他看來，自己每一分鐘都在遠離普朗克鎮，而且距離紐約也越來越近。他希望自己能一到紐約就找到工作，或許能因此而好運連連。

就在這個時候，一個穿著打扮非常時髦的年輕人走了進

來。車並沒有到站,所以這孩子很明顯是從另外一節車廂走過來的。

他走到菲爾的座位旁邊,停了下來。

菲爾發現這位年輕人盯著自己的提包看了看,於是禮貌地把它挪開,說道:

「您是要坐在這裡嗎?先生。」

「是的,謝謝。」年輕人回答道,然後在菲爾旁邊坐了下來。

「麻煩了,真是抱歉。」年輕人說著,一邊又看了看菲爾的提包。

「哦!沒關係的,」菲爾回答道:「我只是暫時放一下,如果有人要坐的話,我當然應該把它拿開了。」

「還是你比較能體諒人,」年輕人說道:「隔壁有個上了年紀的婦女,一個人霸佔了三個座位,把自己的行李都放在上面。」

「那未免太自私了。」菲爾說道。

「是啊!我也是這麼想的。我剛才經過她旁邊,她好像生怕我會坐在她的行李上似的,根本不肯把行李挪動一下。我在她旁邊站了很久時間,直到她感到渾身不自在的時候,我才走開。我覺得在她旁邊站著實在很痛苦,相較之下,我更願意坐在你旁邊。」

「你是在誇獎我嗎？」菲爾微笑著問道。

「是啊！如果你願意這麼認為的話。跟你在一起確實比跟那個老太太在一起舒服。你是去紐約嗎？」

「是啊！」

「你住在那裡嗎？」

「我倒希望如此。」

「你是在鄉下長大的吧！」

「是的，在普朗克鎮。」

「普朗克鎮！我聽說那是一個美麗的地方，可是從來沒有去過。你在那裡有親戚嗎？」

菲爾猶豫了一下。布倫特太太已經把自己的身世都告訴白己了，所以一時之間，他也不知道自己在那裡是不是還有親戚了。不過年輕人顯然也沒有希望從他身上得到正確的答案。

「不是很多。」菲爾回答道。

「你是去紐約上中學嗎？」

「不是的。」

「那你是去上大學嘍？我在哥倫比亞大學有個表哥。」

「要是我能上大學就好了，可是我只懂得一點拉丁文，希臘文更是一竅不通。」菲爾說道。

「我也是，我從來不關心拉丁文或者是希臘文的問題。我看你是想在那裡找份工作吧！」

「是的，我想找點事情做。」

「那恐怕要花上一段時間了。不過你肯定辦得到的。」

「短期內還可以。」菲爾說道。

「說不定我能幫上忙，我認識很多有名的商人。」

「那太好了。」菲爾突然覺得自己遇到這個朋友真是幸運。

「不客氣，我當初也是奮鬥了很長時間，雖然現在生活好些了，可是我始終忘不了自己以前的經歷。對了，你叫什麼名字啊？」

「菲爾‧布倫特。」

「我叫萊昂內爾‧雷克。可惜我沒帶名片，或許我錢包裡有，我看看。」

雷克先生一邊說著，一邊打開自己的錢包。然後突然驚叫了一聲。

「哎呀！這下麻煩了。」他說道。

菲爾用疑惑的眼光盯著他，不明白到底是怎麼回事。

「我昨天住在姨媽家裡，從裡面取出過一疊鈔票　我肯定是忘記把它放回去了。」雷克先生解釋道。

「希望您沒把錢弄丟。」菲爾說道。

「應該不會，我姨媽發現了之後，一定會替我保管好的。問題是，我現在身上沒錢了。」

「您一到城裡就可以拿到了錢了啊！」菲爾提醒道。

「是的，問題是，我必須在距離紐約10英里的地方下車啊！」

雷克先生顯得一副非常為難的樣子。

「要是車上能碰到熟人就好了。」沈思了半晌之後，雷克說道。

菲爾確實想借點錢給他，可是他自己帶的錢也不多，所以他在花錢的時候一定要非常慎重。

最後雷克好像想到了一個好主意。

「你身上有5美元嗎？」他和藹地問道。

「有啊！先生。」菲爾慢吞吞地回答道。

「那麼我有個建議，你可以把錢借給我，我把這個戒指放在你這裡做抵押，它怎麼說也值25美元。」

一邊說著，他一邊從背心口袋裡拿出了一枚金戒指，上面還鑲著寶石。

「我把戒指和我的地址留給你，你可以明天早上拿著它到我的辦公室來，我會付給你五美元，還會另外加上一美元作為給你的報酬。這可是一筆不錯的買賣，你說是不是？」

「可是你難道不怕我把戒指賣掉嗎？」菲爾問道。

「這我倒不擔心，」雷克先出一副毫不在乎的樣子，「你看起來很誠實，而且我相信你。你想清楚了嗎？」

「好吧。」菲爾回答道。

賺到這一美元很容易，而且它還可以順便幫助一下這個年輕人。

「那就這樣吧！」

菲爾從他為數不多的錢中取出5美元交給雷克，然後雷克把戒指遞給了菲爾，菲爾把它戴在手上。

然後雷克又遞給了菲爾一張紙條，上面用鉛筆寫道：

百老彙大街237號萊尼爾湖

「非常感謝，再見，我下一站下車。」雷克說道。

正當菲爾慶幸自己如此幸運時，列車長走進了這節車廂，後面還跟著一位年輕的小姐，他們來到菲爾的身旁，然後小姐說道：「那個男孩手上戴的戒指不就是我的嗎？」

「這下終於抓到你了，小混蛋，把你從這位小姐身上偷的戒指拿過來。」

一邊說著，列車長一邊把手壓在菲爾肩膀上。

「偷的？」菲爾氣呼呼地說道，「我不明白您的意思。」

「哼，你明白，肯定明白！」他粗暴地說道。

無論一個孩子多麼誠實，當他被指責偷竊別人財物的時候，都會感到困惑不安。

菲爾就是如此。

「我向您保證，我根本沒偷她的戒指。」他急忙辯解道。

「那你的戒指是從哪裡來的？」列車長粗暴地問道。

有人總是喜歡自找麻煩，這位列車長就是如此，而且他總是喜歡把人往壞處想。事實上，他寧願相信自己那些品行敗壞的同黨，也不願意相信那些品德優良但他卻不是很熟悉的人。

「是一個剛剛下車的年輕人給我的。」菲爾說道。

「編得跟真的一樣。」列車長譏笑道。

「年輕人很少會把一枚這麼貴重的戒指送給一個陌生人。」

「他不是送給我，我已經付給他5美元了。」

「那年輕人叫什麼名字？」列車長懷疑地問道。

「這是他的名字和地址。」菲爾一邊回答，一邊從口袋裡取出雷克先生留給他的字條。

「百老彙大街237號，」列車長念道，「即使真有這個人，我也懷疑他是不是你的同夥。」

「你沒有理由這樣說。」菲爾氣憤地回答道。

「我沒道理，是嗎？」列車長嚴厲地問道：「你知道我會怎樣對待你嗎？」

「如果你要我把這枚戒指還給這位小姐的話，我沒意見，但你必須證明戒指是她的。」

「當然，你必須還給她，但還沒完，到紐約後，我會把你交給警察局。」

菲爾突然感到緊張起來，他感到自己很難證明那戒指的來路。

「事實上，你剛才編的故事也太差勁了。」

「列車長，你真的冤枉了這個孩子。」這時旁邊傳來了一個聲音。

說話的是一個老人，看起來約65歲，雖然頭髮已經斑白了，可是他的身體仍然非常強壯。他就坐在菲爾後面。

「謝謝您，先生。」菲爾感激地說道。

「這是公事。」列車長毫不客氣地說道：「不需要你多事。」

「年輕人，」老先生嚴厲地說道：「我見過的大多數官員都很有禮貌，像你這樣的可不多。」

「你是什麼人？憑什麼多管閒事？」列車長粗暴地問道。

「我馬上就會告訴你我是什麼人。至於這個孩子，我可以保證他沒說半句假話。他和那個把戒指給他的年輕人之間的談話我全聽到了，我可以證明這個孩子說的全是實話。」

「無論如何，他現在手上拿著贓物。」

「可是他並不知道那是贓物啊！而且他也不認識那個年輕

34

人;雖然我剛開始就懷疑那個年輕人不是什麼好人,可是這孩子畢竟是無辜的,他根本沒有任何經驗。」

「好吧!如果他是清白的話,那就讓他在受審的時候說清楚好了。至於你呢,」列車長說道:「根本不關你的事。」

「年輕人,你剛才問我是誰,你現在還想知道嗎?」

「知不知道無所謂。」

「好吧!那我就告訴你,我就是這段鐵路局的局長理察德·格蘭特。」

列車長聽到這些話之後,馬上表現出了一副驚詫的樣子。他恍然大悟,自己剛才冒犯的這位老人絕對有權利開除他。剛才還顯得那麼盛氣凌人的列車長,現在,為了保住自己的職位,而不得不低聲下氣。

他故作鎮靜地說:「請原諒,先生。如果知道您是誰的話,我就不會那樣說了。」

「就算我不是鐵路局的人,可是你總應該有點禮貌吧!」他說。

「如果您說這個孩子沒問題,我就不找他麻煩了。」列車長繼續說。

「我可以證明他是無辜的。」局長說:「我是看著他進車廂的,他根本就沒偷戒指。」

「我只希望他把戒指還給我。」小姐插話說。

聽差菲爾

「好吧！儘管我因此損失了5美元。」菲爾說。

「還給她吧！孩子。」局長說：「我也覺得這位小姐的要求很合理。」

於是菲爾從手指上取下戒指交給那位小姐，然後她回到自己的那節車廂去了。

列車長不安地說：「我希望，先生，您不會因為這件事對我有偏見。」

「很遺憾，我做不到，」局長冷冷地說。

「如果我發現以後你表現的不錯，今天的事就算了。」

「謝謝，先生。」

「我很高興由於我在場，才沒有冤枉這個孩子。你得從這件事中吸取教訓。」

列車長垂頭喪氣地走了。這時菲爾轉向他的新朋友。

「真是太感激您了，先生。」他說：「要不是您，我可就遇上大麻煩了。」

「我很高興沒讓他們冤枉你，小傢伙！但我沒避免讓那個無賴騙走了你5美元，對你的損失不會太大吧！」

「那些錢是我所有財產的三分之一，先生。」菲爾低下頭十分難過地說。

「真遺憾！幸好你不是靠這點錢過日子！」

「不，我靠自己，先生。」

格蘭先生關切地問：「那你的父母呢？」

「我沒有父母，只有一個繼母。」

「那你以後怎麼辦呢？」

「我想到紐約謀生。」

「我不太贊同你的這種想法，小朋友！」

「我這樣做是有原因的，先生。」

「你該不會是離家出走吧？」

「我不是的，先生，繼母知道並同意我離開家的。」

「那就好，我也不想讓你失望，實話告訴你吧！我像你這麼大的時候也懷著同樣的想法來到紐約，當時身上的錢還沒有你現在多呢！」

「可是您現在都已經當上了鐵路局局長！」菲爾充滿希望地說。

「話是這麼說，可是之前我也是吃了不少的苦頭呀！」

「我不怕艱苦，先生。」

「這對你有好處。也許以後你會和我一樣幸運！到紐約後，歡迎你來我的辦公室做客。」

格蘭特先生遞給菲爾一張名片，上面有他的名字和在華爾街的地址。

「謝謝，先生。」菲爾感激地說，「很高興能有機會去拜訪您。我也需要別人的指點。」

聽差菲爾

「如果你能接受別人的指點，並照著去做，你會很有前途的。」局長微笑著說：「另外，還是讓我來替你承擔你剛才的損失吧！把這些錢拿去。」

「可是，先生，這不該由您來承擔的。」菲爾說。這時他看了看他遞過來的鈔票，問道：「您弄錯了吧？這是一張10美元的鈔票。」

「我知道，沒有弄錯。多給5美元是為了表明我喜歡你。順便告訴你一聲，我要先去費城和華盛頓，大概三、四天後才能回到紐約。我回來後，你就可以到辦公室來找我。」

菲爾愉快地想，「儘管被萊昂內爾・雷克那個無賴給騙了，但我畢竟還是很幸運的！」

4
奧蘭多先生

　　菲爾滿懷憧憬地來到了紐約。有了格蘭特先生的幫助，他的經濟狀況比離家時還要好很多。

　　離開火車站，站在紐約寬闊的街道上，菲爾感覺自己正在敲開新生活的大門。他對自己所進入的大都市一無所知，也不知道該何去何從。

聽差菲爾

「真冷呀！」旁邊傳來一個友好的聲音。

菲爾環顧了一下四周，發現說話
的人是個黑頭髮、黑鬍子、臉色臘
黃的年輕男子，戴著一頂寬鬆的
黑色毯帽，年輕人十分俏皮地看
了他一眼。

「是的，先生。」菲爾禮
貌地回答道。

「你是外地人吧？」

「是的，先生。」

「別總是先生、先生地叫，我
不太習慣。我叫奧蘭多。」

「奧蘭多！聽您的名字是義大利人
吧？」菲爾重複道。

「哦，是的，」奧蘭多先生眨了一下眼睛，回答道，「有
人這麼認為，但事實上我出生在佛蒙特州，身上有一半愛爾蘭
血統和一半美國血統。」

「您的名字是怎麼來的呢？」

「名字是我自己取的。」年輕人答道：「我是個職業藝
人。」

「你說什麼？」

「我是個歌手兼木屐舞演員。我想很多人都認識我的。」奧蘭多先生繼續得意地說道：「去年夏天我隨『簡克斯—布朗馬戲團』巡迴演出，你一定聽說過他們。整個冬季我都到鮑爾雷街的鮑爾曼雜劇團工作，每晚出場，每週還要參加兩場白天的演出。」

奧蘭多先生那種職業特性給菲爾留下了深刻印象。他從來沒有在現實中見過演員。奧蘭多先生其貌不揚，而且衣衫不整。但無論怎麼說，他仍然是個有天賦的人。

「我真希望能看到您的演出。」菲爾滿懷敬意地說。

「你會看到的，我可以從勃爾曼先生那裡幫你弄一張入場券。你現在要去哪裡？」

「我自己也不知道。」菲爾茫然地回答道：「我想找個便宜一點的能提供吃、住的地方，但我對這裡一點也不熟悉。」

「我熟呀！」奧蘭多先生馬上回答，「要不然你到我家去吧？」

「你在這裡還有房子？」

「我是說我的住處，離這裡還有一段路。我們坐馬車怎麼樣？」

「好啊！」菲爾回答道，在這迷宮般的大都市裡找到了一個嚮導，他感到寬慰了許多。

「我住在『第5街』，就在鮑爾雷街附近，很方便。」奧蘭

多說。

「我想你說的是『第5大道』吧？」菲爾問，他並不知道兩者的區別。

「哦，不是的，那可不是我這種人住的地方。」

「價錢便宜嗎？」菲爾有些擔心，「我的錢要盡量維持久一些，因為我不知道什麼時候能找到工作。」

「當然。我們可以住在一個房間，雖然只是一間在走廊上搭的小臥室，但我們還可以將就一段時間。」

「我想還是自己單獨住一間好些。」菲爾說，他想到畢竟自己與奧蘭多還不怎麼熟。

「嗯，好的，我跟房東太太說說，我想她會在二樓幫你在走廊上搭一間小臥室。」

「房租是多少錢呢？」

「每週1美元25美分，吃飯可以自己到外面去買。」

「這挺適合我的。」菲爾想了想說。

他們下了馬車，來到一座有三層樓高的破舊大樓。對面是個馬廄，一群孩子在大樓前玩耍，每個人都是髒兮兮的。

「這就是我住的地方。」奧蘭多先生輕鬆地說道。

離開家庭對菲爾來說倒也沒什麼可遺憾的，因為現在那個的家，對自己而言早已沒有吸引力了。

奧蘭多先生按完門鈴，一個德國人模樣的胖女人走了出

4 奧蘭多先生

來。

　　「你回來了，奧蘭多先生。」女人說：「我想你是把欠了兩週的房租也帶來了吧？」

　　「我有了錢一定會給妳的，施萊辛格夫人。」奧蘭多說：「不過妳瞧，我給妳帶來了一個人。」

　　「你們是一起的？」女人問。

　　「不是，真可惜還不是。他的名字叫⋯⋯」

　　奧蘭多輕輕咳嗽一下。

　　「我叫菲爾·布倫特。」

　　「很高興見到你菲爾·布倫特先生。」女房東說，「他和你一樣都是演員嗎，奧蘭多先生？」

「現在不是。以後會怎樣，我們也不知道，不過他是來做生意的，施萊辛格夫人。他想租間屋子。」

房東頓時樂了起來。她還有兩間空屋，正發愁無法租出去呢！

她說：「我們上樓吧！我馬上帶你去看房間，菲爾‧布倫特先生。」

女房東罹患哮喘病，帶著他們爬樓累得氣喘吁吁。菲爾跟在後面。房子裡面和外面一樣也是亂糟糟的，尤其是三樓顯得十分昏暗。

她一把推開一個房間的門。

她指著褪色的地毯，「瞧！」皺巴巴的床，廉價的松木桌和桌子上方掛著巴掌大的一個小鏡子說：「這個可愛的房間，單身漢或夫妻住都合適。」

「我朋友菲爾‧布倫特先生還沒結婚呢！」奧蘭多先生半開玩笑地說。

菲爾也跟著笑。

「你知道什麼，奧蘭多先生。」施萊辛格夫人說。

「那麼房租是多少錢？」菲爾問。

「每週3美元，菲爾‧布倫特先生。我本來應收4美元的，

不過我看你是個正經的年輕人……」

「看你是個老實的年輕人，又是我們奧蘭多先生的朋友，我就沒有對你收全額，就算是對你的優惠了。」

「我可付不起那麼貴的房租。」菲爾搖搖頭。

「我想妳最好帶菲爾・布倫特先生看看我上面那間走廊小臥室。」奧蘭多插嘴說道。

施萊辛格夫人又帶著他們費力地爬上另一個樓梯，她把一間讓人倍感壓抑的、被紐約人通稱為走廊小臥室的房門推開。這間屋子大約5英尺寬8英尺長，幾乎被一個廉價的床舖塞滿，牆上貼的紙也被扯得七零八落。還有一把搖搖欲墜的搖椅，和一個跟老古董差不多的臉盆架。

「這對單身漢來說是多麼整潔、優雅而舒適的屋子啊！」施萊辛格夫人言不由衷地誇讚著自己的屋子。

菲爾打量著自己這個未來的家，心情有些沈重。與他家裡整潔、舒適的臥室相比，眼下的情形真是一個多麼鮮明的對比。

「這房間跟你的差不多嗎？奧蘭多先生。」他輕輕問。

「是的，一模一樣。」奧蘭多回答道。

「那麼您建議我租下它了？」

「目前再也沒有比這更好的辦法了。」

要不是房東在場，真不知奧蘭多會如何評價這樣的房間，

但畢竟他欠了人家兩個星期的房租。

「那好，」菲爾身子微微顫了一下，說：「如果租金合適的話我就租下。」

「每週1美元25美分。」施萊辛格夫人乾脆利落地回答道。

「我就先租一個星期吧！」

「我想你是不會介意預付房租的吧？」女房東說：「我這裡的租金都是預付的。」

於是菲爾從錢包裡取出一些錢交給女房東。

「我租下了。」菲爾說：「能找點水洗洗臉嗎？」

施萊辛格夫人見有人竟然要大中午洗臉，顯得很吃驚，不過她也沒表示反對。

菲爾洗過臉和手後，就和奧蘭多先生去鮑爾曼街的一家餐廳吃飯。

5
鮑爾曼雜劇團

　　奧蘭多先生帶他去吃飯的時候，正是用餐高峰期，所以
餐廳擠滿了人。整體看來，這些顧客好像都不屬於社會上層的
人，這裡的桌布髒兮兮的，侍者看起來也都是油膩膩的。菲爾
沒有說話，但他現在感覺已經沒有進來之前那麼餓了。

　　奧蘭多找到兩個座位，坐下來。菲爾拿著一張油膩膩的菜

單，發現10美分可以買到一盤肉，還有麵包、奶油和一盤馬鈴薯泥。如果想要一杯茶只需另付5美分。

「15美分一頓飯我還付得起。」他暗自想。於是就點了一盤烤牛肉。

「我還是點鹹牛肉和捲心菜吧！」奧蘭多說。

「這東西很能填飽肚子。」他對旁邊的菲爾說：「他們給你的肉一兩口就吃完了，而且還吃不飽。」

不過菲爾不想再多點了。吃完後他仍然覺得餓，就只好再點了一塊蘋果餡餅。

「我知道你肯定會大吃一頓的。」奧蘭多說。

菲爾吃完後發現，雖然自己吃得很飽，卻沒有感覺自己吃得很舒服。而且他花的錢比奧蘭多多出一倍，奧蘭多沒有點茶和餡餅。

到了晚上奧蘭多先生到鮑爾曼雜技團去了。

「我想過了，就這一兩天我會幫你弄一張優惠票的，菲爾·布倫特先生。」他說。

「多少錢一張？」菲爾問。

「15美分。貴賓票25美分。」

「我想我還是可以奢侈一下的，」菲爾說，「我要自己花錢買一張票。」

「那就更好了！」奧蘭多說：「我保證你會覺得很值得。

鮑爾曼從來不會讓觀眾後悔。8點鐘開演，11點半才結束。」

「每小時還不到5美分。」菲爾說。

「你的腦筋很靈活！」奧蘭多先生敬佩地說：「我就不行了，對於數字我可弄不清楚。」

對於奧蘭多的讚揚，菲爾並不覺得有什麼，但他什麼也沒說，因為看起來他的同伴在數字方面確實很差。

至於演出，其實談不上有多精彩，聘請的演員也都不是一流的。不過菲爾還是挺高興的，他從來都沒參加過什麼娛樂活動，對這些自然感到十分新奇。

奧蘭多一身盛裝地先出場了，唱了一首歌（與其說他唱得很好，不如說是聲音很大），最後他跳了一支嘈雜的木屐舞，獲得了最高樓座裡男孩們的熱烈掌聲，他們這晚欣賞的表演，其實只花了10美分。

奧蘭多又一次被觀眾請回舞臺。他鞠了個躬對觀眾的支持表示感謝，接著又跳了一支舞才退場。他完成自己的演出任務後，就換上便裝，來到觀眾席裡，在菲爾身旁坐下。

「覺得怎麼樣？菲爾‧布倫特先生。」他望著菲爾問。

「很不錯，奧蘭多先生。那麼多人為您鼓掌。」

「是呀！觀眾的都很熱情。」奧蘭多一副驕傲的神情。

　　旁邊兩個男孩聽見菲爾說出自己偶像的名字，都開始把目光轉向了眼前的這位名人。

　　「他就是奧蘭多先生！」一個孩子耳語道。

　　「我認識他。」另一個回答。

　　「看，這就是名聲。」奧蘭多高興地對菲爾說：「人們在街上都會指著我。」

　　「肯定很棒。」菲爾說，但是他自己卻不喜歡在大街上讓別人指指點點的。奧蘭多先生卻對此沾沾自喜，他確信自己的名聲給菲爾留下了深刻的印象。

　　他們沒有把演出看完。奧蘭多當然熟悉那些表演，而菲爾也很疲憊，想回去睡覺。因為下午他去城裡到處轉了一下，走了好多路。

　　他們回到住處，打開自己的房間，脫掉衣服就倒在床上。

　　床很不舒適。木板上只墊了一層薄薄的草蓆，而且身上蓋的棉被也很薄。他乾脆把上衣放在被子上，才感覺好一些。儘管床很硬，他還是很快就睡著了。

　　「明天我得去找工作。」他對奧蘭多先生說：「您能告訴我怎麼找工作嗎？」

　　「行，朋友。你可以買一份日報，看看上面的廣告。也許會有某個富商正要雇一個像你這麼大的男孩。」

　　菲爾現在也想不到更好的辦法，只能聽從奧蘭多先生的建

議。

　　第二天，他在鮑爾雷餐廳簡單地吃了點早餐後，就花幾美分買了兩份報紙，開始尋找工作。

　　第一個地方在「珍珠街」。

　　他進去後，有人告訴他去公司前面的一張辦公桌那裡面試。

　　「你們登廣告要招募一個男孩？」菲爾問道。

　　「已經找到了。」桌旁的人生硬地回答。

　　沒什麼可說的了，菲爾沮喪地走出來。來到第二個地方後，已經有六個男孩在那裡排隊等候。他也排起了隊，可是還沒輪到他，那個空缺就已經找到人了。

　　在接下來的地方，他的外表給人留下了不錯的印象，人家問他幾個問題。

　　「你叫什麼名字？」

　　「菲爾・布倫特。」

　　「今年幾歲了？」

　　「剛滿16歲。」

　　「教育程度？」

　　「我6歲的時候就開始讀書。」

　　「有工作經驗嗎？」

　　「沒有，先生。」

「你現在和父母住在一起嗎？」

「不是的，先生。我剛剛來這裡，暫時住在第5街。」

「那不行。我們希望你能和父母住在一起。」

可憐的菲爾！他原以為自己終於找到一份工作了。然而談話突然終止，讓他非常失望。

他又去了另外三個地方。有一個地方他眼看就要成功了，可是當對方聽說他沒和自己的父母住在一起的時候，馬上就被拒絕了。

「找工作太難了。」菲爾心想，現在他覺得自己有點想家了。

他決定，「今天不去找了。」他走在熱鬧的百老匯大道上，思考著明天怎麼辦。

時值隆冬，人行道上結一層薄冰。菲爾的前面走著一位老人，他穿著一身高級絨面呢西服，戴著一副金邊眼鏡，看樣子

是一個很有社會地位的顯赫人物。

老人突然踩在一塊隱蔽的冰塊上，身體一下子失去平衡，就在他即將倒下的一瞬間，菲爾衝上去把他扶住了。

老先生很艱難地站穩身子，這時菲爾幫他把手杖撿了回來。

「您沒事吧，先生？」他關切地問道。

「如果不是你幫忙的話我就會受傷了，你真是一個好孩子。」先生說。

「我陪您一起走吧！先生。」

「好的，只要你願意。也許我不需要你幫忙了，但如果你願意陪我的話，我會很高興的。」

「謝謝，先生。」

「你住在城裡嗎？」

「是的，先生，我到這裡來是為了找工作。」

菲爾說這些話的時候，心想：「老先生會憑他的影響力來幫助我的。」

「你現在自己賺錢謀生嗎？」老先生一邊問著，一邊又仔細地打量了他一番。

「我暫時還有點錢，可是這些錢用完了我就得出去賺錢。」

「真是不幸。不過男孩子有事做也是件好事，不然會很容

易變壞。」

「無論如何，如果能找到一份工作我就會很高興，先生。」

「那你去什麼地方找過沒有？」

菲爾簡單描述了一下他找工作時遇到的遭遇。

「對，對，」老先生想了想說：「與父母住在一起的男孩子會更值得信賴。」

兩人一直走到第12街。這是一段很遠的路，菲爾都感到有些吃驚，老先生竟然步行而不在百老匯搭車，老先生解釋道：

「花點時間在戶外走走對自己身體有好處。」

來到第12街的時候，他們轉了個彎。

「我住在已結了婚的姪女家，」他說：「就在第5大道對面。」

他們來到一座漂亮的四層小樓的門口，前面是用褐色石頭砌成的。老先生停下來，告訴菲爾他就住在這裡。

「是嗎？先生，那我該回去了，再見！」菲爾說完後，轉身離去。

「不，不，進來和我一起吃午飯吧！」老先生親切地說。

原來這位老先生叫奧利佛・卡特，不過現在已不再像過去那麼忙於工作了，只是在姪子的公司裡，做個掛名老闆。

「太謝謝了，先生。」菲爾回答。

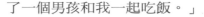

他相信老先生很樂意他接受這個邀請，再說自己也實在沒有拒絕的理由。

「漢娜，」老先生對來開門的傭人說：「告訴女主人我帶了一個男孩和我一起吃飯。」

「好的，先生。」漢娜一邊回答著，一邊詫異地打量著菲爾。

「到我房間裡來吧！小朋友，」卡特先生說，「你休息一下，然後我們就去吃飯吧！」

卡特先生在二樓有兩間打通的房間，其中一間是臥室。家具豪華而美觀，菲爾對城裡的房子還不怎麼習慣，總覺得這些都太奢侈了。

菲爾洗過臉和手，梳好頭髮。隨後鈴聲響了一下，於是他跟著自己的這位新朋友下樓吃飯。

菲爾和卡特先生進屋時，一個女人站在爐火旁，她身邊還站著一個與菲爾年齡差不多的男孩。女人個子很高，身材苗條，頭髮淡褐色，一雙灰暗的眼睛顯得冷漠而陰沈。

「娜維亞，」卡特先生說：「我帶了一個小朋友來吃飯。」

「我知道了。」女人回答：「他以前來過沒有？」

「我倒是很想跟他聊聊天，只是還不知道他叫什麼名字。」

「他叫……」

老先生猶豫了一下，老實說他真的忘了這位小朋友的名字了。

「我叫菲爾·布倫特。」

「請您坐這裡吧！菲爾·布倫特先生。」娜維亞·皮特金太太說，皮特金是她的姓。

「好的，謝謝，太太。」

「這麼說你是今天上午剛和我姑丈認識的？」她接著問道，然後自己在餐桌上先坐了下來。

「是的，是他幫了我。」卡特先生替他回答：「我踩到冰塊了，身體失去平衡，如果不是菲爾及時扶住我，我就會摔倒了。」

「他的心地真善良。」皮特金太太冷冷地說。

「菲爾，」卡特先生說：「我給你介紹一下這是我姪孫，叫阿隆·皮特金。」

他指著剛才那個男孩。

「你好嗎？」阿隆盯著菲爾問道。

「很好，謝謝。」菲爾禮貌地回答。

「那你現在住在哪裡？」阿隆提了一個問題。

「我住在第5街。」

「哦，就是在鮑爾雷街附近吧？」

「是的。」

男孩聳聳肩，與母親交換一下眼色。

第5街是一條並不熱鬧的街──的確如此，菲爾自己也開始感到自己的住處不是太好，但他現在必須在那裡將就住下去。

儘管他住的地方不好，但絕不能說菲爾在餐桌上的表現缺乏教養。在皮特金太太的餐桌旁他顯得毫不拘束，簡直比阿隆的表現還要出色許多。阿隆吃東西喜歡狼吞虎嚥。

皮特金太太望著卡特接著又問道：「您不能自己走回來嗎？奧利佛姑丈」。

「是呀！」

「真不好意思，還得麻煩菲爾‧布倫特先生送您回來。」

「沒事，不麻煩。」菲爾立即回答，可是他馬上感覺到自己那麼急著插話顯得有點唐突。

聽差菲爾

「是的，我承認自己佔用了我這個小朋友的時間是有點自私。」老先生欣慰地笑著說：「不過從他說的話裡我能判定他剛才並沒有什麼重要的事情。」

「那你在哪裡工作呢？布倫特先生。」皮特金太太又問道。

「我沒有工作，太太。今天上午我就是在外面找工作。」

「以前你在城裡住過一段時間嗎？」

「從來沒有，我是昨天才從鄉下來到這裡的。」

「我認為，鄉下孩子好端端的就離家到城裡來找工作，不是一件很好的事情吧！」皮特金太太毫不客氣地說。

「也許他是事出有因吧！娜維亞。」卡特先生口頭上雖然這麼說，但他自己也並不知道菲爾來紐約的原因。

「是的，這個我明白。」皮特金太太回答，她的語調使菲爾懷疑她認為自己在家裡惹上了什麼麻煩，才來到這裡的。

「其實，我們也無法準確判斷所有人。既然菲爾先生來到了這個城市，我希望他有一個好的開始。」

午餐，在紐約通常很簡單，很快就吃完了。這時卡特先生

又請菲爾到自己的房間。

「菲爾，我是想和你談談有關你前途的問題。」他說。

等他們兩人離開後，皮特金母子沈默了一下，然後皮特金太太說：

「阿隆，我很不喜歡這樣的場面。」

「為什麼您不喜歡呢？媽媽。」

「你姑爺爺把那個男孩帶回家，這太反常了，他怎麼突然對一個完全陌生的人產生了興趣。」

「您是不是認為姑爺爺會給他錢呢？」阿隆很關心地問道。

「我不知道結果會怎樣，隆尼（阿隆的昵稱），但現在看起來好像很不妙。這樣的事以前也發生過。」

「如果是那樣的話，我就會在那小子腦袋上捶幾拳。」阿隆馬上充滿了敵意，「姑爺爺的錢應該都是我們的。」

「是啊！應該是我們的。」他母親說。

「我們得注意一點，千萬別讓那小子佔了姑爺爺的便宜。」

如果菲爾聽到這些談話，不知道他會多麼的吃驚。

6
老先生真夠朋友

　　老先生坐在一把扶手椅上，並指著另一把小搖椅讓菲爾坐下。

　　「我想你離家出走一定是有苦衷的，菲爾。」卡特先生說，他用一雙敏銳但友好的眼睛注視著菲爾。

　　「對，我的確有自己的苦衷，先生。自從我父親去世後，

那個家就不再屬於我了。」

「這麼說你還有個繼母？」老先生精明地問。

「是的，先生。」

「那還有別人嗎？」

「她還有一個兒子。」

「看來你們合不來吧？」

「您好像什麼都知道，先生。」菲爾吃驚地說。

「我不過是多懂得一些人情世故罷了。」

菲爾忽然覺得卡特先生好像什麼都知道。

他不知道老先生是否還知道其他事情——是否能猜測到布倫特太太告訴自己的那個天大的秘密。我應該把這件事告訴老先生嗎？最後他決定還是等等再說，卡特先生雖然很友好，但對自己來說畢竟還是比較陌生的。

「哦，是這樣。」老先生繼續說：「你的情況我不太瞭解。離家出走可是很重要的人生抉擇，你看起來並不像一個不經充分考慮就盲目出走的孩子。接下來我得想辦法看怎樣才能幫助你。」

菲爾聽到這些話後立刻有了精神。卡特先生顯然是個有錢人，只要他願意幫忙，就一定能辦到。菲爾打算聽聽這位新朋友怎麼說，所以他保持著沈默。

「你現在很想找份工作。」卡特先生接著說：「那麼，你

覺得自己適合做什麼呢？」

「我不知道。」

「你書讀得怎麼樣？」

「還行吧！先生，我懂一些拉丁語和法語。」

「寫字漂亮嗎？」

「我現在寫給您看看行嗎？先生。」

「行，就在我的桌上寫幾行吧！」

菲爾寫完後站起來把紙遞給了卡特先生。

「寫得不錯。」老先生讚許地說。

「這就是你的一大優勢了。你會算帳嗎？」

「會，先生。」

「如果是這樣那就更好了。」

「你坐下吧！」他又說：「那麼我告訴你一筆款項，你算算利息，看行不行。」

菲爾又重新坐在椅子上。

「如果年利息是8.5%，845.6美元4年零3個月12天的利息應該是多少？」

菲爾拿起筆飛快地算了5分鐘，然後得出了結果。

「你把紙張遞給我看看，我馬上告訴你算得對不對。」

老先生本人對數字確實很在行，他只看了一眼，非常高興地說：

「對，完全正確，你真是個聰明的孩子。」

「謝謝，先生。」菲爾說，他心裡感到自豪。

「你能找到一個好工作的。」

菲爾很專心地聽著。

「對，就這樣，」卡特先生說，看起來像是自言自語，「我得讓皮特金雇用他。」

菲爾知道他剛才見到的那個女人叫皮特金，因此他判斷卡特先生所說的皮特金應該是她的丈夫。

「真希望他比他妻子更容易相處。」菲爾心想。

「就這樣吧！菲爾，」卡特先生說，他顯然已經做出了某種決定，「我會盡力讓你今天就能得到一份工作的。」

「太感謝您了，先生。」菲爾高興地說。

「我曾經跟你說過，我和姪子一起做生意，我們合夥，我們做各式各樣的海運業務，公司就在富蘭克林街。我寫封信給他，他會給你一份工作的。」

「謝謝，先生。」

「你稍等一下，我現在就去寫信。」

聽差菲爾

五分鐘後菲爾拿著介紹信向商業區走去。

菲爾走到一座宏偉的商業建築前面停下了。

大樓前面掛著一塊醒目的招牌：

埃諾克——皮特金公司

走到大門口後，他看到還有另一個標誌，他發現自己要找的公司在二樓。

他爬到二樓，打開一扇門，走進辦公室裡。有許多職員往來穿梭，計算機和許多辦公用具堆放在一起，看起來這裡工作很忙碌。

離他站的地方最近的是一個十八、九歲的年輕人，他剛剛長出草黃色的鬍鬚，頭髮是亞麻色。他繫了一條色彩鮮豔的領帶，穿著一身極其時髦的衣服。

菲爾站在那裡猶豫地看著他。

年輕人注意到了，關切地問道：

「你好，請問我能幫你什麼嗎？孩子。」

他比菲爾還大不到三歲，竟然這樣稱呼他，實在讓菲爾有些受不了。

「請問皮特金先生在嗎？」他問。

「我想在吧！」

「能不能讓我見見他呢？」

「我沒有意見。」年輕人像開玩笑似的回答道。

「他在哪裡？」

年輕人指了指盡頭的一間辦公室。

「謝謝。」菲爾朝著那間辦公室走去。

他來到門口，房門半開著，他朝裡面看了一下。

只見一個小個子男人坐在辦公桌椅上，身體直挺挺的，樣子很神氣。他不會超過45歲，但看起來好像老很多，臉上已經有了皺紋。

「請問您是皮特金先生嗎？」菲爾問道‧

「你有什麼事嗎？」小個子男人說，本能地皺起了眉頭。

「先生，我給您帶來一封信。」

菲爾走過去把信交給皮特金先生。

皮特金先生很快打開信，信上寫著：

　　帶信給你的這個男孩今天上午幫助了我。他想要找份工作。他受的教育看起來還很不錯，如果你暫時不能給他更好的工作的話，就讓他跑跑腿也行。我保證他會讓你非常滿意的。你可以派他去郵局或其他部門辦些瑣碎的雜事。每週付給他5美元，費用由我承擔。

　　　　　　　　　　　　　真誠的　奧利佛‧卡特

皮特金先生看信時眉頭皺得越來越緊。

他低聲哼了一下，不過被菲爾聽見了。「奧利佛姑丈一定是瘋了。」他一下子轉向菲爾，咬著牙問道：「你叫什麼名字？」

「我叫菲爾‧布倫特。」

「你是什麼時候遇到給你這封信的先生的？」

菲爾把經過告訴了他。

「那你知道信裡寫的內容嗎？」

「大概是要求您給我一份工作，先生。」

「你看過這封信了？」

「沒有。」菲爾有些生氣地回答。

「哼！他要我讓你做聽差。」

「我會盡量讓您滿意，先生。」「那你什麼時候可以開始工作？」

「越快越好，先生。」

「那你明天早上來，先到我這裡報到。」

「又是奧利佛姑丈的怪念頭！」只見他嘟囔道，身子轉到一邊，好像是在告訴菲爾會面結束了。

7
第一天上班

　　菲爾第二天早上準時來到富蘭克林街的公司。他從一個方向走來，昨天在公司裡見到的年輕人正好從對面走來。年輕人人表現出很驚訝的樣子。

　　「嗨，小傢伙！」他問：「你怎麼又來了。」

　　「我來工作呀！」菲爾回答。

聽差菲爾

「你要買下這家公司？」年輕人開玩笑似地問。

「今天不。」

「那你就改天買好了。」年輕人笑著說，好像自己的話很風趣似的。

菲爾還不知道這種說話方式在當時十分流行，所以他並沒有笑。

「我想你應該是一個教徒吧？」年輕人問道，他止住笑聲，表情突然嚴肅起來。

「你為什麼要這樣問？」

「因為我從來沒見你笑過。」

「如果發現有什麼可笑的事情，我也會笑得很開心的。」

「喂，你不要那麼嚴肅嘛。說實話，你是來和我們談生意的吧？」

看到一個微不足道的小職員動不動就「我們、我們」的，真的是挺有趣的。他似乎是在暗示自己與這家公司是融為一體的，這一點倒也沒有什麼。

「我現在要在這裡工作了。」菲爾簡單地回答。

「你要在這裡工作！」威爾伯先生驚奇地重複道：「是老皮特金雇用你的？」

「是皮特金先生昨天雇用我的。」菲爾回答。

「我還真不知道他需要一個男孩。那你做什麼工作呢？」

「跑郵局、銀行等等。」

「這麼說就是做聽差了？」

「是的。」

「我以前也是從聽差開始做起的。」威爾伯先生又帶幾分自豪了。

「你現在是做什麼工作的？」

「現在做銷售員。我可不願再做原來的工作了。你的薪資是多少呢？」

「5美元。」

「一週5美元！」

「喂，你不是在開玩笑吧！」威爾伯先生吃驚地道。

「你為什麼這麼說？難道這很不正常嗎？」

「我敢說的確是很不正常的。」威爾伯先生一字一頓地回答。

「你做聽差時沒賺這麼多錢嗎？」

「當時我只賺2美元50美分。皮特金告訴你，他會每週付給你5美元嗎？」

「不是的，是卡特先生這麼說的。」

「那個老先生？皮特金先生的姑丈？」

「是的。就是他要求皮特金先生雇用我的。」

「真丟人！」他開口說。

聽差菲爾

「什麼丟人，你是指他們給我的5美元週薪嗎？」

「當然不是，我是指我的週薪只比你一個聽差的多1美元。我每週做的工作絕對價值10美元，可是那老頭卻只給我6美元，這連買手套和抽煙都不夠。」

「難道他就不願多給你一點嗎？」

「他當然不願意。上個月我才要求他提高一點薪資，他說如果我不滿意的話可以走人。」

「你沒這麼做？」

「暫時還沒有，但我很快就會這樣做的。我要讓老皮特金知道他給的這一點點薪資根本留不住像我這樣經驗豐富的人。」

菲爾並不想笑，可是當威爾伯先生自稱經驗豐富時，他還是忍不住笑了出來。

「我們現在最好上樓去吧！」菲爾問。

「好的，你跟我來。」威爾伯先生說：「我帶你去主管辦公室。」

「我得先向皮特金先生本人報到！」

「他要過一會兒才會到的。」威爾伯說。

可是就在這時，皮特金先生出現了，比平常足足早了半小時。

菲爾用手指碰一下帽沿禮貌地說：

「早安，先生。」

「早安！」老闆回答道，目光嚴厲地盯著他，「你不是我昨天雇用的那個男孩？」

「是的，先生。」

「那麼你到樓上來吧！」

菲爾跟著皮特金先生上了樓，一起穿過銷售部的辦公室。

「我希望你能明白，」皮特金先生毫不客氣地說：「我雇你完全是因為卡特先生的要求，為了滿足他。」

「我對卡特先生很感激。」菲爾說。

「我對你一無所知，你也沒有任何在城裡工作的經驗，我本人肯定是不會雇用你的。」

「但願我不會讓你失望。」菲爾說。

「希望如此。」皮特金先生回答道。

菲爾開始有些不安了。看來很明顯，無論他做什麼都會有人對他百般挑剔，這當然令人不快。

皮特金先生在一張辦公桌前停下來，對一個頭髮帶灰色的矮胖男人說道：

「山德遜生先，這是新來的聽差，小傢伙，你叫什麼名字？」

「我叫菲爾·布倫特。」

「你可以分派一些工作給他做。郵件來了沒有？」

「還沒有，還沒派人去郵局。」

「你可以馬上派這個孩子去。」

山德遜先生遞給菲爾一把從桌上拿來的鑰匙。

「這是我們信箱的鑰匙，」他說，「注意信箱號碼——534，你去把郵件取回來。別在路上閒逛。」

「好的，先生。」

菲爾拿起鑰匙就離開了公司。來到街上時他自言自語：「郵局在什麼地方呢？」

他不想對山德遜先生說自己不知道郵局在哪裡，那會讓人覺得他不能勝任工作。

他心想：「現在最好走往百老匯去，我想郵局一定在主幹道上。」

可是菲爾弄錯了。當時郵局在納色街的一座老教堂裡，教堂現在成了郵局，與最初修建時的用途真是大相徑庭。

當菲爾來到百老匯時，一個臉上雖然骯髒卻顯得誠實的擦鞋童向他打著招呼。

他微笑著對他說：「擦皮鞋嗎，先生？」。

「我今天上午不擦。」

「那就改天上午來擦吧？」

「好的。」菲爾回答道。

「真的很遺憾你沒讓我開張。」擦鞋童說：「今天又該繳稅了，可是我到現在還沒賺夠稅金呢！」

菲爾覺得很有意思，因為他看起來根本不像一個納稅人。

「你需要繳很多稅嗎？」他問。

「是的，1000美元或更少。」他回答說。

「我想肯定是更少吧！」菲爾說。

「你的確很聰明，年輕人。」

「這裡離郵局遠嗎？」

「半英里多。」

「是在這條街上嗎？」

「不是，在納色街。」

「如果你帶我去的話，我可以給你10美分。」

「好吧！走走路對我也有好處。那就走吧！」

「你叫什麼名字？」菲爾問，他覺得眼前這個新認識的人很有趣。

「小夥伴們都叫我『穿破衣服的迪克』。」

「這名字挺有趣的。」菲爾說。

「我會努力不辜負這個有趣的名字的。」迪克滑稽地看一

眼自己破舊的衣服，這衣服最初的主人是一個身高6英尺的男人。

他把箱子掛在肩膀上，帶著菲爾向老郵局走去。

菲爾繼續和「穿破衣服的迪克」聊著，對他的語言風格產生了很大興趣。

他們走到默雷街時，迪克說：

「你跟著我，我們抄近路從『市政廳公園』過去。」

很快地來到一座破舊的建築前。

這時，有一個年輕人正從郵局裡出來，和菲爾碰了個照面就走過去了。

他一下子想起那個人就是在列車上認識的萊昂內爾‧雷克。於是他趕緊走上去抓住他的手臂。

雷克先生手裡拿著幾封信，不禁吃了一驚，轉過身來。

他也認出了菲爾，但卻裝出不認識的樣子。

「你拉著我想做什麼？小子。」他傲慢地問。

「我只想和你說句話，雷克先生。」

「你認錯人了。」他說：「我根本就不叫雷克。」

「這也很有可能，」菲爾充滿譏諷地說：「不過這是我們在列車上認識的時候，你自己告訴我的。」

「我現在再說一遍，小子，你認錯人了。我的名字叫……」他稍微停頓了一下，「約翰‧蒙格馬利。」

「隨便你叫什麼。但是不管你現在叫什麼，我和你有點小問題要解決。」

「我有急事，我不能待在這裡。」雷克說。

「好吧，那麼我就簡短些。你曾經用一枚戒指作抵押向我借過5美元，可是我後來才知道戒指是你偷的。我要你現在把錢還我。」

雷克先生不希望別人聽見菲爾的話，他緊張地看看周圍。

「我想你一定是瘋了！」他說：「我有生以來就從沒見過你。」

他極力想掙脫菲爾，並抓著他的一隻手，想趕緊離開這裡，但菲爾斬釘截鐵地說：「你不能騙我，雷克先生。你快把錢還我，要不然我叫警察了。」

剛好這時有個警察正從旁邊經過，雷克看見了他。

聽差菲爾

「這真是無恥的敲詐！」他說：「可是我現在有個重要約會，沒工夫跟你糾纏。我把錢給你，就算是我施捨給你的吧！」

菲爾高興地接過鈔票裝進衣袋，放開了雷克先生，來到迪克旁邊，迪克一直盯著他，饒富興趣地看著兩人見面的經過。

「你很有勇氣。」迪克說：「可是這是怎麼回事？」

菲爾告訴他事情的經過。

「一點也不奇怪。」迪克說，「這個人一看就知道 是個騙子。」

「沒事了，不管怎樣，我和他扯平了。」菲爾說。

「謝謝你為我帶路。現在我要回公司去了。給你25美分。」

「可是你剛剛是說給我10美分。」

「我認為值25美分。希望我們後會有期。」

「那我們下次就在阿斯特的聚會上見。」迪克說，咧嘴笑起來，「我的請束明天送來。」

「我的請束還沒送來呢！」菲爾笑著說。

「也許明天就送來了。」

「看得出他是個不尋常的小子。」菲爾想，「他應該做點別的什麼事，而不只是擦擦皮鞋。我希望他有幸能如願以償。」

因為遇到雷克先生，菲爾的時間被耽擱了，但他回去時走得很快，終於把時間給補回來了，及時趕回公司。他把信件交給公司後，又被派出去辦另一件事，一整天都沒有空閒的時候。

菲爾這邊我們暫且先不說，現在我們回過頭來看看皮特金的一家，聽聽皮特金先生和太太的談話。

「奧利佛姑丈越來越奇怪了。」太太說，「他今天竟然帶了一個他在街上偶然認識的一個男孩來家裡吃午飯。」

「你說的是不是一個叫菲爾‧布倫特的孩子？」皮特金問道。

「是的，就是這個孩子。你是怎麼知道的？」太太吃驚地問。

「他已經被我雇用為聽差了。」

「什麼？！為什麼會這樣？」皮特金太太叫道。

「我有什麼辦法。他帶了一封你姑丈的信，姑丈說薪資由他承擔，要求我雇用他。」

「這件事越來越嚴重了。」皮特金太太懊惱地說：「如果他真的喜歡上那個小子，應該怎麼辦呢？」

「他現在好像已經喜歡上他啦！」她丈夫沒好氣地說。

「我想說的是，他會不會收養那個孩子呢？」

「你想太多了，娜維亞。」

「這樣的事到處可見。」夫人邊說邊點頭，「如果真是那樣，隆尼可就完了。」

「即使真的是那樣，我們的隆尼也不會流落街頭的。」

「皮特金先生，你難道沒想到這其中的危險。奧利佛姑丈的25萬美元的財產，應該是屬於我們的。」

「應該是這樣的啊！」

「我們一定要阻止他，別讓他把錢全都留給那個孩子。」

「妳想怎麼辦？」

「把那個孩子辭掉，然後對姑丈說他不適任就行了。」

「唉！這樣的話，我還需要一點時間。我是沒有問題，但要挑出他的毛病的確很難。他是個可靠的孩子。」

「但我覺得他是一個非常狡猾的小孩。」皮特金太太生氣地說：「他會盡力去討好奧利佛姑丈。」

看得出來皮特金太太是有天賦的（這也可以被稱為天賦的話），她的疑心很重的。她貪婪、吝嗇，根本容忍不了姑丈把

錢留給外人。的確，還有一個與奧利佛姑丈的親戚關係同樣近
的人，就是她的表姐。因為她嫁給一個貧窮的簿記員，與親戚
們疏遠了，後來家遷到密爾沃基市。她的名字，皮特金一家從
未提起，皮特金太太仗著她們之間存在的隔閡，認為表姐沒有
什麼威脅。但如果她知道表姐麗貝卡・福布希現在也在紐約，
而且已經變成了一個拖著孩子的寡婦，她只能靠做縫紉、出租
房屋為生，恐怕她就不會這麼安心了。她作夢也沒想到她視為
眼中釘的小聽差就在第二天認識了那位受到蔑視的親戚。

　　事情是這樣的。

　　第5街的那間屋子，菲爾很快就厭煩了。它很不整潔，讓他
覺得住在那裡很不舒服。另外他發現那些餐廳雖然便宜，但幾
乎快把他所有薪水花光了，而且還不太好吃。

　　有一次他正好穿過和第13街附近第2大道和第3大道之間的
一條小街。

　　沿街有好多三、四層樓的房屋，還有一棟木板屋，兩層樓
附帶一個地下室，只見門口的招牌上寫著「歡迎紳士食宿」。
他也見過這樣的招牌，這時一個像房東模樣的婦女走進屋裡，
菲爾立刻被吸引住了。這女人讓菲爾想起自己的母親。

　　「我喜歡和這個像自己的母親的人住在一起。」菲爾想到
這裡，不由得激動起來，女人剛進去他就按響了門鈴。

　　那個女人立即打開了門。

菲爾彷彿覺得他正看著自己母親的面容，用顫抖的聲音問：

「您要出租房間嗎？」

「對呀！請進來吧！」女人說。

屋內擺設簡單、樸素，但看起來卻有一種出乎意料的整潔。其實，窮人也可區分為可敬和卑鄙的，兩者差別很大。菲爾發現他所在的這間小房子真是太好了。

「我想找一個住的地方。」菲爾說：「但是房租太高我可付不起。」

「這樣簡陋的條件我也不會要高價呀！」福布希夫人說：「你想找什麼樣的房間？」

「我只需要一個小房間就行了。」

「好的，在樓梯頂端有一間走廊小臥室。你想上去看看嗎？」

「好吧！我去看一看。」

福布希夫人帶著菲爾爬上一個狹窄的樓梯。

她打開那個小房間，裡面有一張整潔的床，一把椅子，一個臉盆架，還有一些掛衣服的鉤子。屋子的確很簡陋，不過比他現在的住處整潔很多。

「我喜歡這個房間。」菲爾高興地說著，「包吃需要多少錢？」

「4美元，包括早餐和晚餐。」福布希夫人回答。「午飯就由你自己解決了。」

「挺好的。」菲爾說，「我在商業區工作，也不可能回來吃午飯。」

「你打算什麼時候搬過來呢？還有，先生，我該怎麼稱呼你呢？」寡婦問道。

「菲爾‧布倫特。」

「哦，菲爾‧布倫特先生。」

「我明天找個時間過來吧！」

「通常我要先收一點訂金，這樣就保證了要租房子的人能按時過來，但是我絕對相信你。」

「謝謝，我還是會按照您的規矩來辦理。」菲爾說著，從口袋裡取出一張2美元交給寡婦。

就這樣雙方很愉快的告別了。菲爾現在住的地方還有幾天才到期，但是他對那裡已經厭煩了，覺得搬到福布希夫人那裡會更舒適。所以他寧願在經濟上做出一點犧牲。

他和福布希夫人的那些談話只用了5分鐘，並沒耽擱菲爾多少時間——他當時正好離開公司出來辦事。

第二天，菲爾便搬到了新的住處，還在這裡吃了晚飯。

這裡還有3個和他一樣的人，其中有第3大道一家公司的

年輕銷售員和他妻子，他們住在菲爾那層樓上的一個正方形房間。另外一位是在市里一所公立學校教書的女教師。還有一個剩下的房間由一個旅行推銷員住著，他一出差往往就是幾天。這就是這裡的大概情況，不過菲爾注意力被一個14歲的女孩奪走了，女孩叫朱麗婭‧福布希，可愛又迷人，原來她就是福布希夫人的女兒。她也常注視著菲爾——菲爾是一個很英俊的男孩，自然會引起女孩子們的注意。

　　總之，住在這裡的人心情都很好，也善於交往，相處得十分融洽。使菲爾覺得自己找到了一個家。

　　第二天上班時，菲爾正在威爾伯的旁邊忙著，只聽見威爾伯說：

　　「看，卡特先生到公司裡來了！」

　　奧利佛‧卡特先生沒有直接朝皮特金先生的辦公室走去，而是來到菲爾工作的地方。

　　他親切地問：「你感覺怎麼樣？我的小朋友。」

　　「很好，謝謝您，先生。」

　　「你覺得工作累嗎？」

　　「哦，不會的，先生。」

　　「那就好。你認真工作，就會贏得老闆的信任。記得經常來看我。」

　　「謝謝，先生。」

「看來你和卡特先生的關係很好呀！」威爾伯先生說道。

「是的，我們的關係一直都很好。」菲爾笑著回答。

「如果你能把我介紹給他就好了。」威爾伯先生說道：「他通常不來公司，即使來了，也直接到辦公室，職員們幾乎沒有機會和他認識。」

「我也不想自己太冒昧了。」菲爾說。

「哦，那你就把他留給你自己吧！」威爾伯先生生氣地說道。

「我不會那樣做的。如果有機會的話我會把你介紹給他的。」

威爾伯先生聽了這些話得到了安慰，又變得和顏悅色起來。

快下班時對他說：「菲爾，今晚到我住的地方去看看吧？」

菲爾高興地答道：「好呀！」

菲爾覺得自己每天晚上的時間很不好打發，便高興地接受了他的邀請。

「那就這樣決定了。到時候我還要告訴你一個秘密。」

「你住在哪裡？」菲爾問。

「我現在住在東22街。」

「記住了，我7點半到你那裡。」

　　威爾伯住的房子雖然比菲爾大，但菲爾還是不喜歡。裡面只有一把椅子，威爾伯先生讓菲爾坐下來，自己則坐到床上。

　　威爾伯神秘兮兮地清了嗓子，然後對菲爾說：

　　「我要告訴你一個秘密。」

　　這使菲爾感到十分好奇，他表現出很願意聽的樣子。

　　「最近這段時間我一直想要交個朋友。」威爾伯先生說：「不熟的人我又信不過，因為這件事很難辦。」

　　菲爾聽得很認真，對這事越來越感興趣了。

　　「如果你不介意的話，我很願意做你的朋友。」菲爾說。

　　「菲爾，」威爾伯先生用悲涼的語調說：「如果我戀愛了，你是不是會很驚訝呢？」

　　菲爾吃了一驚，他想笑，但威爾伯先生嚴肅、認真的表情又使他忍住了。

　　「你不是還很年輕嗎？」他不解地問。

　　「不是的，我已經19歲了。」威爾伯先生回答道：「感情是不在乎年齡的。」

　　菲爾不知道這句話是他自己原創的還是聽別人說的。

「你已經戀愛多久了？」菲爾問。

「有三個星期了。」

「對方知道嗎？」

「她還不知道吧！」威爾伯回答，「我連話也沒和她說過，只是悄悄地愛慕她。」

「這麼說，你們的感情還沒開始？」

「是的。」

「你們第一次相遇是在哪裡？」

「是在百老匯的一個車站。」

「那她叫什麼名字？」

「到現在我還不知道呢！」

「你對她並不很瞭解？」

「是的，我只知道她住在那裡。」

「住在哪裡呢？」

「在列克星頓大道。」

「你知道具體位置嗎？」

「在第29街和第30街之間。你想去看她住的地方嗎？」

「想。」菲爾回答，他知道威爾伯先生會這樣回答。

「那我們現在就去吧！也許我們會看見她。」

8
算命

　　兩個男孩朝著北面的列克星頓大道走去。

　　他們來到第28街，這時大道旁一間房子的門突然打開，從裡面走出一個女孩。

　　「快看，就是她！」威爾伯先生抓住菲爾的手臂脫口而出。

　　菲爾發現那位小姐個子很高，比威爾伯先生還高三、四英寸，並且年齡也很大。他吃驚地看著威爾伯。

　　「她就是你所愛的女孩？」他問。

　　「是的，難道你看不出來她很漂亮嗎？」戀愛中的威爾伯熱切地問。

　　「我不太會判斷美女。」菲爾回答得有點為難，因為這位女孩臉部寬大，在他眼裡根本稱不上美女。

　　菲爾不願傷害同事的感情，強行克制著自己不笑出來。

　　「那女孩好像並不認識你。」菲爾說。

　　「是不認識。」威爾伯先生說。

　　「你覺得那個大美女會對你產生好感？」菲爾問，他表面看起來很認真，但內心卻感到有趣。

　　「我會有許多辦法把女孩子們吸引住。」威爾伯先生得意地回答。

　　菲爾假裝咳嗽一聲，才勉強沒笑出聲。

　　正當他這樣努力克制自己的時候，女孩手裡的皮包不小心掉在地上。兩個男孩正緊跟在她後面，這時候威爾伯先生像離弦的箭一樣衝上去，拾起皮包，把它交給大美女，很優雅地鞠了一下躬，露出迷人的微笑，說：

　　「妳好，小姐，我想這皮包是妳掉在地上的吧！」

　　「謝謝你，好孩子。」大美女高興地對威爾伯說。

聽差菲爾

　　威爾伯先生好像當頭挨了一棒似的，搖晃著身體後退。

　　「菲爾，你聽見她說什麼了嗎？」他沈著地問。

　　「她叫你小男孩，是吧？」

　　「是呀！」威爾伯先生十分傷感地回答。

　　「可能她是個近視眼吧！」菲爾安慰地說。

　　「你也是這樣認為嗎？」威爾伯先生問。

　　「應該是這樣。你知道你自己個子也不高。」

　　「是呀！一定是這樣。」威爾伯先生說，並顯得平靜多了，「不然的話她就會注意到我的鬍子了。」

　　「是的。」

　　「她的語氣很溫柔。要是她知道我有多大的話，事情就會不一樣，對吧？」

　　「是的，我也是這樣想的。」

　　「目前我只有一個辦法了。」威爾伯先生說。

　　「有什麼辦法？」菲爾十分好奇問道。

　　「我必須戴一頂大禮帽！那樣的話我就會顯得成熟些，她就不會認為我很小了。」

　　「沒錯，我也是這麼想的。」

　　「然後我再和她認識，那她就不會錯看我了。菲爾，你怎麼不戴大禮帽？」

　　「我並不想顯得比實際年齡大。再說，一個聽差戴頂大禮

帽看起來好像不太好。」

「的確不太好。」

「我想你一定會很喜歡的。」

「當然。等你跟我一樣做銷售員的時候，你就跟現在不同了。」

威爾伯先生又開始像先前一樣得意了。

「我看你該不會現在就有結婚的念頭吧？」菲爾說，「一對夫妻就靠週薪6美元過日子，一定很艱難的。」

「不會的，公司會給我加薪的。職員結婚的時候他們按慣例就應該這樣。另外，我還有一些其他收入來源呢！」

「真的嗎？」

「真的，我還有20000美元財產，是姑媽留給我的，她現在幫我保管著，等我21歲時再給我。現在我拿利息。」

「祝賀你。」菲爾說。

「錢會很容易到手的。」

「另外，我希望她也有錢。」威爾伯先生繼續說：「當然我不是一個唯利是圖的人，我是愛她的。如果我們結婚的話，

錢多一點的話肯定是最好的。」

　　「沒錯。」菲爾說，他對威爾伯先生談到與一個自己還一無所知的女孩結婚時的那種自信態度，感到十分有趣。

　　「菲爾，」威爾伯先生說：「我結婚時想請你當我的伴郎。」

　　「到那時候如果我還在紐約的話，你給我買一件燕尾服，我也許會同意的。」

　　威爾伯先生激動地說：「謝謝。你真夠朋友！」

　　回到威爾伯先生房間兩人又聊了一會兒，然後菲爾就早早回到自己的住處。

　　時間慢慢流逝，菲爾和威爾伯下班後在一起的時候逐漸多了起來。威爾伯先生有時很滑稽，他還是一個不錯的年輕人，菲爾很喜歡和他做朋友。有時他們也去參加一些需要花錢的娛樂。

　　有一天，威爾伯先生向他提出一個令人奇怪的建議。

　　「你看我們去算命怎麼樣？菲爾。」他問。

　　「如果真的能幫助或者改善我的命運的話，我倒沒什麼意見。」菲爾微笑著說。

　　「我很想知道自己將來的命運是怎樣的。」威爾伯說。

　　「算命先生真的會比我們更瞭解自己的命運嗎？」菲爾質疑道。

「他們講的都很玄妙。」威爾伯說。

「我的姑媽曾經到算命先生那裡去算命，問她是否會結婚，可能在什麼時候結婚。算命先生說她在22歲前會嫁給一個皮膚白皙的高個子男人。」

「結果真的是那樣嗎？」菲爾問。

「是的，他說得很準。」威爾伯先生認真地說：「我姑媽在22歲前就結了婚，丈夫跟算命先生說的一模一樣。這不是很神奇嗎？」

「算命先生很容易推算出那些事的。因為大多數女孩都是在那個年齡層結婚的。」

「可是不一定就是嫁給皮膚白皙的高個子男人呀！」威爾伯得意地說。

「是不是因為你有特別想知道的事，所以你才打算去算命的？」菲爾問。

「是的，我想知道自己將來是否會娶她。」

「那個大美女嗎？」

「沒錯。」菲爾雖然不太贊成他這麼做，不過最終還是同意了。

一天傍晚，他們打算一起去找那個算命先生。

有人把他們帶進一間接待室，他們在那裡等了一會兒，然後威爾伯先生進入那個吉凶未卜的場所。他有些緊張和不安，

他本來想讓菲爾一起進去的，但接待人員說夫人不允許那樣，於是他只好獨自進去了。

15分鐘後他再次回到屋裡的時候，變得容光煥發。

「看你的樣子是聽到好消息啦？」菲爾問。

威爾伯先生拼命地點頭，對菲爾耳語道：

「對。我會和她結婚的。」

「那個算命先生也是這樣說的？」

「是呀！」

「他提到了那個女孩的名字了嗎？」

「沒有提到，不過根據算命先生描繪的模樣我就知道一定是她。」

「你們很快就會結婚了吧？」菲爾狡猾地問。

「他說要等到我24歲的時候。」威爾伯先生嚴肅地回答，「不過也許這點他弄錯了，他肯定以為我的年齡比實際年齡還要大，所以才那麼說的。」

「這麼說你還是懷疑他的預言？」

「也不是。我相信自己能夠等得到的，既然她最終是屬於我了。我一定會富有起來的，他還說30歲時我會有2萬美元。」

「祝賀你，威爾伯，你現在可以安心了。」菲爾微笑著說。

「下一位先生！」接待人員說。

菲爾走進內室，好奇地環顧周圍。

一個高個子女人一隻手擱在桌上，坐在寶座一般的椅子上，房間裡點著一支細長的蠟燭照著房間，房間刻意用又厚又黑的簾子隔開。女人戴著一條黑面紗，顯得很神秘的樣子。

她用清晰的聲音說：「過來，孩子！」

菲爾走上前去，在這種氣氛下，雖然還是有點半信半疑，但是他心裡並沒有完全被觸動。

女人微微彎下身，親切地觀察著他的面容。

「你希望聽過去的事還是將來的事？」她問道。

「妳先說說我的過去吧！」菲爾想試試這個算命女人的判斷是否準確。

「你是義無反顧地離家出走的，你離開了一個令人厭煩的家庭到紐約來尋求發展，而家裡的人也並不掛念你。」

聽到這些，菲爾不禁感到驚訝。

「那麼我會找到發展的機會嗎？」菲爾認真地問。

「你會找到的，但不會像你想像的那樣。你認為自己在這

個世上是孤單一人嗎？」

　　算命女人用搜尋的眼光看著菲爾。

　　「我現在的確是孤單一人呀！」菲爾回答。

　　「一個孩子只要父親還在世就不能說自己是孤兒的。」

　　「可是我父親已經死了！」菲爾懷疑說著。

　　「你弄錯了。」

　　「這件事我是不可能弄錯的。」菲爾堅決地說：「我父親幾個月前就死了。」

　　算命女人尖銳地說：「你父親還活著！」

　　「我真不明白您為什麼會這樣說，我是親自參加了父親的葬禮的。」

　　「你參加的那個葬禮是你現在姓的父親的葬禮。他不是你的親生父親。」

　　繼母講的事，現在得到了確認，菲爾感到輕鬆許多。之前他對此事相當懷疑，認為那大概是布倫特太太編造出來的，目的是為了阻止他繼承布倫特先生的任何財產，才把他趕出家門的。

　　「我不是布倫特先生的兒子，難道我繼母說的是真的？」他屏住呼吸問道。

　　「是的。」算命女人說。

　　「那，我親生父親是誰呢？」

算命女人沒直接回答。她似乎凝視著遠方，然後緩緩說道：「我看見一個中等身材、皮膚黝黑的男人，牽著一個小孩，他站在一家旅館前。一個面目和善的女人走出來，她牽著孩子的手把他帶進旅館裡。現在我看見那個男子走了——獨自一個人走的，把小孩留下了。我看見那個小孩長大了，變成一個大男孩，不過這時情景變了。旅館消失了，現在又出現在一棟舒適的房屋裡。即將成年的男孩站在門口，一個女人站在門檻上，看見他走開。她身體瘦小，臉部乾癟，不像以前那個面目和善的女人。」

「你能告訴我那個男孩是誰嗎？」算命女人直盯著菲爾問。

「那是我！」菲爾回答道。

「這可是你自己說的喲！」

「雖然我不明白您是怎麼知道這一切的，」菲爾說：「您願意回答我一個問題嗎？」

「你問吧！」

「剛才您說我父親現在還活著？」

算命女人點了點頭。

「請問他現在在哪裡？」

「這個我就無法告訴你了，不過我知道他正在找你。」

「你說他在找我？」

聽差菲爾

「是的。」

「過了這麼久他為什麼不來找我？」

「有些情況我是無法解釋的，總之很多因素使他不能及時來找你。」

「他現在會來找我嗎？」

「我說過他現在正在找你，我想他最終會成功的。」

「我能做些什麼，讓他能夠快點找到我嗎？」

「你什麼也不用做！順其自然。情況對你有利，不過你要耐心等上一段時間，而且還會有一些小麻煩。」

「還會遇到什麼麻煩？」

「你現在有兩個死對頭，也可以說是一個，因為另一個並不怎麼重要。」

「對方是男的嗎？」

「是女的。」

「是布倫特太太！」菲爾肯定地說道。

「是的。」

「還有一個是誰？」

「一個男孩。」

「喬納斯？」

「是的。」

「他們能給我帶來什麼傷害呢？我並不怕他們。」

菲爾一邊說著，一邊挺起了胸膛。

「那些卑鄙的傢伙是很會耍陰謀的。布倫特太太不喜歡你，這個你知道。」

「她怕我對她兒子不利。」

「是的。」

菲爾問：「我還有其他對手嗎？」

「是的，還有兩個，也是一個女人和她兒子。」

「我想不出會是誰。」

「他們就住在城裡。」

「我知道了，是皮特金太太。她為什麼不喜歡我呢？」

「有一個老人喜歡你呀！這就是原因。」

「我明白了。她不想讓這位老人對其他人好。」

「是這樣的。」算命女人突然大聲說道，「你可以走了！」

菲爾說：「能告訴我您怎麼會對一個陌生人瞭解這麼多呢？」

「就到這裡吧！你可以走了！」算命女人似乎有些不耐煩地說。

「我應該給您多少錢呢？」

「我不收你的錢。」

「可是我覺得您應該是要收費的。」

「對你不收。」

「我剛才的那個朋友您也沒收嗎？」

「收了。」

「您說他的命好。」

「他是個傻瓜！」算命女人輕蔑地說道：「我知道他想得到什麼，就跟他說了一些他想聽的話。」

她揮了揮手，菲爾只好慢慢地離開了屋子——他發現威爾伯先生焦急地等著他。

「她跟你說什麼了，菲爾？」威爾伯熱切地問道：「告訴你會娶什麼樣的妻子沒有？」

「沒有，我沒問她這個問題。」菲爾微笑著說道。

「那她告訴你什麼？」

「她說了很多關於我過去的事情。」

「我才不關心那些呢！」威爾伯說道：「我想瞭解的是，我是否能娶到那位女孩。」

「可是你知道，威爾伯，我又沒愛上哪位女孩。我不像你那樣容易墜入情網。」

「當然不一樣了。」威爾伯說，「我很高興沒有白來。菲爾，你呢？」

「我也很高興。」菲爾慢慢回答道。

「瞧，這多麼讓人滿意啊！我會娶她的，你知道，儘管要等到24歲」

「那時她恐怕都快30歲了。」菲爾說道。

「她看起來不會那麼老的！」威爾伯先生說，但顯得有些遲疑了，「我30歲時將會擁有2萬美元。」

「憑你週薪6美元，不可能會存那麼多的。」

「算命女人提過你會發財的事沒有？」

「沒有。哦，對啦！她說我會很幸運，但不是我想像的那樣。」

「真是奇怪！」威爾伯先生好像很感興趣，「這到底是什麼意思？」

「我想她是指我靠週薪5美元不可能積蓄到足以過溫飽生活的錢。」

「也許是這樣。」

9
天降大運

現在我們還是回到那個曾是菲爾的家鄉小鎮去看看吧！

布倫特太太此時正坐在小屋裡忙著做針線。

喬納斯突然走了進來，清除靴子上的雪。

「晚飯準備好了嗎？媽媽。」他問。

「沒有，喬納斯，現在才八點鐘。」布倫特太太回答道。

「我餓得像頭熊一樣。可能是因為去滑雪吧！」

「晚飯後你跑一趟郵局，喬納斯。」

「你以為菲爾會寫信來？」

「我才不關心他呢！」布倫特太太冷冷地說：「他寫不寫信回來隨便他。」

「他會寫信肯定是缺錢。」喬納斯冷笑著說。

「如果他需要錢，我就幫他寄點去。」布倫特太太說。

「寄錢？！」喬納斯驚訝地看著母親。

「是的，我會幫他寄一兩美元，免得人們說閒話。」

「那你是在等誰的信，媽媽？」喬納斯問道。

「昨晚我夢到自己收到了一封重要的信。」布倫特太太說。

「是有人寄錢來嗎？」喬納斯急切地問。

「我也不清楚。」

「如果是這樣的話，媽媽，您會給我些錢嗎？」

「如果你帶回一封裡面有錢的信，」布倫特太太說：「我就給你一美元。」

「不用再說了！」喬納斯叫道：「我馬上去郵局。」

布倫特太太把縫好的東西放在膝蓋上，專心盯著前面。她蒼白的臉上有些發紅，好像很不安。

「真是奇怪，我竟然會受一個夢的影響。我可不是個迷信

的人，可是我總覺得今晚會有一封信寄來，它將給我的生活帶來巨大變化。而且我還覺得它與菲爾那個孩子有點關係。」

過了許久。她終於看見喬納斯慢慢走近了，激動之下，她急忙跑到窗子旁邊看著兒子。喬納斯看見母親在窗口望著自己，就高高地把信舉了起來。

「真的有信。」她頓時心跳加快了起來，「那一定是封重要的信，喬納斯為什麼不能加快點速度呢？」

「媽媽，信是從費城寄來的。」他說：「不是菲爾寫的，我認得他寫的字。」

「快給我，喬納斯。」母親盡力掩飾住內心的激動。

「你在費城認識什麼人嗎？媽媽。」

「不認識。」

她拆開信封，取出裡面的信。

「有沒有錢？」喬納斯迫不及待地問。

「沒有。」

「真倒楣！」他悶悶不樂地說。

「等一等，」母親說：「假如信真的很重要，我會獎勵你25美分。」

她讀著信，臉上的神情很快就顯示出她對這封信很感興趣。

讀者們不妨也和她一起讀讀這封信吧！

尊敬的夫人：

　　我之所以會給您寫這封信，並十分焦急地等待著您的回信，是因為我要談到一件跟我的終生幸福有關的事情。我本來應該親自來見您，可是因為不幸罹患風濕，醫生不准我外出。

　　我得知您是傑拉爾德‧布倫特先生的遺孀，13年前，佈倫特先生在俄亥俄州的小鎮富爾頓維爾開了一家小旅館。有一天我住進他的旅館裡，當時我還帶著一個3歲大的獨子。我妻子已經去世，我很疼愛這個孩子。可是次日早晨我卻把他交給您和您丈夫，自己悄悄離去了。

　　從那天起，我就再也沒有見過自己的兒子，也沒給您或布倫特先生寫信。此事聽起來奇怪，對吧？我當時確實有一些難言之隱，現在我可以把一切都跟您說清楚。

　　當時我受到了警方的誣陷，正在躲避通緝。警方相信我與一個密友的失蹤有關，不錯，我們事先確實有過一次激烈的爭吵，所以這更加堅定了警方的信心。我無法洗刷這一切，只好帶著孩子四處逃亡。到了富爾頓維爾後，我意識到帶著孩子容易暴露身分，只好把他留下。我感到您和您丈夫都是熱心的好人。您對小菲爾的那種關愛尤其給我留下深刻印象，我覺得把孩子託付給您絕對能放心。然而我又不敢把這些秘密告訴任何人，只能說將孩子暫時留下，等他好一點後再來接他。

聽差菲爾

　　過了一段時間之後，我去了內華達州，隱姓埋名，把我僅存的那點資金投入到採礦業上，經過一段時間之後，我終於賺了大錢。就在兩個月前，我在一個礦棚裡遇見一個人，他承認自己殺害了我的那位密友。所以我也終於成為一個自由人。

　　這事了結後，我首先想到已有13年沒見到兒子。我可以在全世界面前認領他，我可以給他財富，讓他在富裕的環境中成長。但是我很難確切查到您的地址。我寫信給富爾頓維爾的郵政局長，他告訴我您和布倫特先生早就搬走了。我還得知我的菲爾還活著，但其他細節就不清楚了。

　　現在您應該能猜到我的願望和目的了。我會為您對菲爾的悉心照料支付一大筆錢，不過我必須把孩子帶回來，我們分開太久了。您肯定會很不願意離開他，這我明白，所以我會為您在我家附近找一處房子，這樣你們就能隨時來看望他了。如果您能馬上把菲爾帶到我身邊的話，我可以支付您路費，並且我會在經濟上給予您相當可觀的補償。

　　到費城後請打電話給我，我會為您訂一個房間。菲爾將會和我住在一起。

　　　　　　　　　　　　　　　　奧斯卡·格蘭維爾

　　　　　　　　　　　　　　　　費城，大陸旅館，2月5日

「媽媽，從信裡掉出來一張紙。」喬納斯說。

他把一張可到費城銀行兌換的100美元支票撿起來交給母親。

「您看，這和錢是一樣的吧？」喬納斯問。

「是的，喬納斯。」

「那您要給我一美元？」

布倫特太太從錢包裡取出一張兩美元鈔票給喬納斯。

「喬納斯，」她說：「如果你能保密的話，我會告訴你一個秘密。」

「好的，媽媽。」

「我們明天到費城去。」

「我的老天爺，太好了！」喬納斯興高采烈地叫起來，「我保證不跟別人說。快告訴我吧！」

「現在還不能告訴你，不過我很快就會告訴你的。」

布倫特太太幾乎一夜都沒睡著，她正在精心籌劃一個大膽的陰謀：格蘭維爾先生現在已經成為大富翁，為什麼不讓喬納斯冒充菲爾呢……

布倫特太太決定把這個秘密告訴喬納斯。當然，她本來是個不喜歡告訴別人秘密的人，如果不是這項計劃離不開喬納斯的參與的話，她根本不會讓這個孩子知道自己的事情。

喬納斯白天去滑雪，晚上有點累，躺在長沙發上睡著了。

聽差菲爾

這時布倫特太太來到窗戶前，確信周圍沒有其他人，才回到座位上，對喬納斯說道：

「喬納斯，起來。我要和你說點事情。」

「我累得要死，媽媽。就躺在這裡聽您說吧！」

「喬納斯，你聽見沒有？我要告訴你一件秘密。快，坐到我旁邊來。」

喬納斯站了起來，他很想知道媽媽到底要說些什麼。

「跟那封信有關嗎？」他問道。

「是的，是關於我們明天去旅行的事。」

喬納斯不知道信裡說的是什麼，也不知道誰給母親寄來100美元的支票。他聽了媽媽的話，就拖來一把椅子，坐在母親面前，說：

「說吧！媽媽，我聽著呢！」

「你想發財嗎，喬納斯？」布倫特太太問道。

「當然啦！」

「你想不想有一個富有的爸爸，他會給你小馬騎，給你很多零用錢，最後還能讓你繼承一大筆財產？」

「那真是太好了，媽媽，不過有可能嗎？」

「當然有，如果你能照著我的計劃去做的話。」

「我會的，媽媽。」喬納斯兩眼放光地說道，「我保證聽您的話。」

「記得菲爾走的前一天晚上我對他說的事嗎？」

「就是他被留在布倫特先生的旅館裡的事嗎？我記得。」

「還有他親生父親失蹤的事呢？」

「記得。」

「喬納斯，我今天下午收到的信就是菲爾的親生父親寄來的。」

「天哪！」喬納斯驚叫道。

「他就在費城，現在是一位富翁了。」

「那麼菲爾也會很有錢了？」喬納斯失望地說：「我還以為那些錢都屬於我呢！」

「別忘了，菲爾的父親自從他三歲以後就再也沒見過兒子了。」布倫特太太繼續說道。

「那又有什麼關係呢？媽媽。」

「喬納斯，」布倫特太太說，「如果我對他說你是菲爾，他也會相信的，不是嗎？」

喬納斯突然明白了。

「這真是一個好主意，媽媽！您認為我們能騙過那個老傢

伙嗎？」

「只要你小心一點，我們就能做到。麻煩是麻煩了點，喬納斯。不過我想我們的麻煩是值得的，因為格蘭維爾先生，也就是菲爾的親生父親，他的身價至少是25萬美元，如果他把你當成菲爾，這些錢幾乎全部歸你了。」

「媽媽，您可真厲害！」喬納斯連聲地稱讚，「這是一個好機會。」

「是呀！但你必須確實遵照我說的做。」

「放心吧！媽媽。那我要怎麼做呢？」

「首先，你必須改叫菲爾。」

「那真是一個天大的笑話！」喬納斯說，覺得非常有趣，「假如菲爾知道我冒用了他的名字，他會怎麼想呢？」

「他不會知道的，以後我們必須盡量躲開他。而且，你一定要把我當成是你的繼母，而不是你的親生母親。」

「是的，這個我懂。然後呢？」

「我們明天就動身去費城。你父親正生著病，躺在大陸旅館呢！」

「啊！真有趣呀！媽媽，我們要住在費城？」

「格蘭維爾先生覺得那樣最好。」

「您打算去哪裡呢？媽，您要留在這裡嗎？」

「我當然要和你在一起，我怎麼忍心和你分開呢？」

「可是我馬上就成為格蘭維爾的兒子了。」

「但我們私下在一起的時候，又可以成為母子了。」

「我擔心您會把事情搞砸的。」喬納斯說：「如果您和我過於親密，老格蘭維爾肯定會起疑心的。」

聽到自己的兒子居然說出這樣的話，布倫特太太不由得傷心起來。

「你好像沒有考慮我的感受吧！」布倫特太太竭力壓抑住自己內心的痛苦，「如果我們不得不分開的話，那還不如放棄這個計劃。」

「隨您怎麼做都行，媽媽。」喬納斯說：「可是我並不像菲爾呀！」

「是不太像。不過自從菲爾三歲以後，格蘭維爾先生就再也沒見過他，所以他不會懷疑，而且，他還以為我是布倫特先生的第一任妻子。」

「您打算跟他說您並不是嗎？」

「不一定。我並不想告訴他，不過我不想讓他發現我在隱瞞著他什麼事情。」

「我們的房子怎麼辦，媽媽？」

「我寫封信給你舅舅，讓他來看管一下，我還可以收點租金。如果計劃失敗的話，我們至少還有退路。」

「您去過費城沒有？媽媽。」

「沒有，不過沒關係，我知道該怎麼走。今晚我就把衣服收拾好。喬納斯，記住，你見到格蘭維爾先生時一定要表現出很開心的樣子。然後你得告訴他我平時待你有多好。」

「知道了，媽媽，您也得小心別再叫我喬納斯了。」

「放心吧！我會注意的。你也要非常小心啊！菲爾。」

一聽到這個新名字，喬納斯不由得大笑起來。

「我們就像是在演戲一樣，媽媽。」他說。

「不過報酬可是相當高的，」布倫特太太說道：「我想最好馬上改口叫你菲爾，我要讓自己盡快習慣。」

「好的，媽媽。您真聰明。」

「我要一切都照計劃進行。只要你照著我說的去做，一切都會順利的。」

「我會的，媽媽。真想馬上就出發啊！」

「你睏了就先去睡吧！我得晚點才睡，我要把我們的東西收拾好。」

第二天一大早，兩個人就離開了格雷沙姆。布倫特太太馬上給格蘭維爾先生發了一封電報，告訴他自己已帶著他的小菲爾趕往費城了。

10
陰謀得逞

　　在大陸旅館的一間漂亮的私人會客室裡，有位大約45歲的男人坐在一張按摩椅上。他中等身材，皮膚黝黑，一副愉快的表情。他包著繃帶的右腳擱在一張椅子上，手裡拿著一份「每日分類帳」，但並沒有看。從那副出神的樣子看，他正想著其他的心事。

聽差菲爾

「真是教人不敢相信，」他的聲音不高也不低，「我兒子馬上就要回到我的身邊。儘管那殘酷的命運把我們分開了，但我們很快就要團聚。還記得當初把他交給那位好心的旅館老闆時，他是多麼可愛。很遺憾旅館老闆已經去世，不過他的遺孀會因照料那個孩子而得到相對補償的。」

此刻，敲門聲打斷了他的自言自語。

「請進！」格蘭維爾先生說。

旅館一個服務員走進來。

「下面的會客室裡有個婦女和一個男孩想見您，先生。」

儘管格蘭維爾先生極力抑制住自己的情感，但當他聽到這些話時仍然心跳加速。

他激動不安地對服務員說：「請你把他們帶上來好嗎？」

服務員把格蘭維爾先生的話帶給了此刻正坐在旅館會客室裡的布倫特太太和喬納斯。

由於激動，布倫特太太兩邊臉頰上出現了一點紅暈，喬納

斯則坐在椅子上躁動不安地打量著周圍。

「千萬要記住我對你說的話，別忘了要表現得像一個突然回到失去多年的父親身邊的男孩那樣，一切都取決於初次的印象。」他母親低聲說。

「真想早點結束。要是當時我沒捲進來就好了。」喬納斯說，擦去臉上的汗水，「如果他懷疑我呢？」

「你照我說的去做他就不會懷疑。別顯得那麼笨拙、冒失，也不要緊張，自然一點。」

服務員正在此時進來。

他說：「請你們上樓去吧！先生要見你們。」

「謝謝。」布倫特太太站起來說，「走吧！」

喬納斯也從椅子上站起來，跟在母親和服務員後面，像一條惡狗挨了鞭打一樣。

「雖然只有一層樓梯，」服務員說：「不過我們是可以搭電梯的。」

「沒關係。」布倫特太太說，可是喬納斯迫不及待地叫道：

「我們搭電梯吧！媽媽！」

「這樣也好，菲爾。」布倫特太太說。

片刻後兩人便出現在格蘭維爾先生房間的門口，隨即進屋來到他面前。

這時候格蘭維爾先生正焦急地看著門口，他從布倫特太太身旁看過去，目光落在她後面的男孩身上。他吃了一驚，瞬間產生一種失望的感覺。他一直想像久違的兒子是什麼模樣，但那些幻象與這個稍顯笨拙的男孩實在相差太遠了。

「格蘭維爾先生，我想……」夫人說。

「哦，夫人。您是……」

「我是布倫特太太，他就是……」她指著喬納斯，「您的兒子。菲爾，到你父親那裡去。」

喬納斯笨拙地走到格蘭維爾先生椅子旁邊，說：

「真高興見到您，爸爸！」

格蘭維爾先生看著他緩緩地問道：「你真的是菲爾嗎？」

「是的，我就是菲爾‧布倫特，不過我想現在我應該姓格蘭維爾了。」

「你過來，兒子！」

格蘭維爾先生把喬納斯拉到身邊，仔細看著他的面容，然後疼愛地吻了他。

他微微嘆息了一聲，說道：「他長大以後變好多，布倫特太太。」

「您走時他才三歲,這也是預料中的事,先生。」

「可是我總覺得他的頭髮和皮膚顏色好像變淺了。」

「這您比我更容易看出來。我每天看見他,就察覺不到那種變化。」布倫特太太花言巧語地說。

「您和您丈夫對孩子的悉心照料,我真的感激不盡。聽說布倫特先生已經去世,對此我很難過。」

「是的,先生,他半年前就已經離開了我們。那真讓人感到痛心啊!先生,當我把菲爾交給您時,我會感到自己活在這世上太孤獨了。」說著她用手帕擦擦眼,「您瞧,我早已經把他當做自己兒子了!」

「尊敬的夫人,請別認為我會那麼狠心,要把他從您身邊奪走。儘管我很希望他和我一起生活,但您一定得陪著他。我的家就是您的家──只要您願意就可以住在我家。」

「啊!格蘭維爾先生,您的心腸真好,讓我怎麼感謝您呢?自從收到您的信以後,想到我馬上要失去菲爾了,我就一直傷心得不得了。要是我自己有個孩子的話,情況就不一樣了,但是我沒有,因此就把所有的愛給了他。」

「這是很正常的。」格蘭維爾先生說:「我們總是忘不了那些對自己有恩的人。肯定他對您也有這樣的感情。你很愛這位好心的夫人,對吧!菲爾。你親生母親在你出生不久就去世了,是她像母親一樣把你帶大的。」

　　「是的，先生。」喬納斯麻木地回答，「可是我想和爸爸一起生活！」

　　「當然了。兒子，我們分開太久了。以後我們就生活在一起，布倫特太太也住我們家裡吧！」

　　「爸爸，那您現在住在哪裡？」喬納斯問。

　　「我在離芝加哥不遠的地方蓋了一棟鄉間宅第。」格蘭維爾先生回答，「等到我的病好了，我們就去那裡住。布倫特太太，很抱歉還讓您親自來到這個屋裡，都是風濕病把我搞得不成人樣了。」

　　「希望您早日康復，先生。」

　　「我想會的。我的醫生醫術很好，現在我已經快好了，不過還得在這裡住幾天。」

　　「我和菲爾這幾天住在哪裡呢？」

　　「你們也住在這裡。按一下鈴好嗎，菲爾？」

　　「我不知道鈴在哪裡。」喬納斯不知所措地回答。

　　「就是那個按鈕！」

　　喬納斯按了一下。

　　然後他奇怪地問：「這樣鈴會響嗎？」

　　「是的，那是一個電鈴。」

　　「老天爺呀！」喬納斯脫口而出。

　　「不能那樣說話，菲爾！」布倫特太太急忙說：「你會嚇

到你爸爸的，瞧，格蘭維爾先生，他整天與鄉下孩子在一起，雖然我經常教他，可是他還是學了些粗話。」

這句粗話使格蘭維爾先生感到十分不安，他覺得有必要對兒子在言行舉止上好好教導一下。

「哦，這個我能理解，布倫特太太。」他禮貌地說：「他現在還小，還有時間來改掉那些讓人反感的習慣。」

服務員進來了。

「請您告訴接待員，把大人和男孩安排在這層樓住下。布倫特太太，菲爾暫時住在您旁邊的房間，等我好些了我們再一起住。午餐準備好了沒有？約翰。」

「已經準備好了，先生。」

「這樣吧！您們先到房間看一下，然後我們共用午餐。我等會兒請人去叫您們。」

「謝謝，先生。」

布倫特太太被帶進她漂亮的房間時。

「一切順利！最難熬的時刻已經過去了。」她對自己說。

聽差菲爾

　　布倫特太太這個十分大膽的陰謀，是需要冷靜和膽量的。同時也因為有巨大的利益在誘惑著她，為了兒子，她決定孤注一擲。當然她絕對不能讓別人認出來，否則格蘭維爾先生就會發現他們的騙局。不過現在看來被識破的危險還是比較小的，因為格蘭維爾先生每天都待在旅館裡，一個星期以來都是她自己帶著喬納斯到城裡去玩。

　　雖然這樣，有一天還是讓她虛驚一場。

　　當時她正搭乘一輛有軌電車，喬納斯在車廂前面的司機身邊站著；她沒想到電車裡有位先生忽然看到她，然後走過來坐在她旁邊的一個座位上，「嗨，布倫特太太，妳怎麼到這裡來了？」他吃驚地問。

　　她頓時驚慌失措且臉色十分的難看，壓低聲音說：「我來這裡隨便逛逛，皮爾遜先生。」

　　「妳好像很少出門吧？」這位先生問。

　　「是的，的確不常出門。」

　　「布倫特先生還好嗎？」

　　「難道你不知道他已去世了嗎？」

　　「我真的不知道，這真是太不幸了，真讓人難過。」

　　她嘆息道：「是啊！這對我們來說是多麼的不幸啊！」

　　皮爾遜先生說：「我有兩三年沒見過喬納斯了，他現在已經長大成人了吧！」

她擔心孩子會在無意中暴露他們的事情，所以不想讓皮爾遜看到她帶著喬納斯。於是，她簡短地說：「是的，他已經長大了。」

「你們在一起嗎？」

「是的。」

「你們要在這裡住很久嗎？」

「不，我們不會在這裡住太久的。」布倫特太太回答。

「要不是我下午就要回紐約了，還真想去拜訪你們呢！」

布倫特太太聽了這些話才鬆了一口氣。絕對不能讓他到旅館來拜訪的。

「能夠見到你我也很高興，那麼你在那裡下車呢？」她問道，覺得這樣說比較保險，「我要在第13街下車。」

「感謝上帝！」布倫特太太心想，「這樣他就不會知道我們住在哪裡了。」

大陸旅館位於切斯那特和第9街街角處，雖然喬納斯只顧忙著看街景，並沒有注意到母親遇到了熟人。可是，布倫特太太十分擔心喬納斯會讓車在那裡停下。

母子倆到達第9街時走進了旅館。

喬納斯說：「我在樓下待一會兒，先不上樓了。」

「不行，菲爾，快上樓，我有話對你說。」

「我想去玩乒乓球。」喬納斯抱怨說。

「這件事非常的重要。」布倫特太太強調道。

喬納斯才跟著母親進入了電梯，到了三樓他們的房間。

母親關上房間的門後，喬納斯問道，「嗨，媽媽，到底什麼事呀？」

布倫特太太說，我在車上遇到了熟人。

「真的嗎？他是誰？」

「是皮爾遜先生。」

「那你怎麼不叫我呢？以前他經常買糖果給我。」

「我們絕對不能被人認出來，這很重要。」母親說：「我們在這裡必須處處小心。如果他來這裡看我們，再遇到格蘭維爾先生，他就會告訴他你是喬納斯而不是菲爾。要是這樣的話那一切就完了。」

「那樣就真的完了！」喬納斯說。

「是的，我很高興你能明白。你要在這三、四個小時之內都待在這裡或你自己房間。」

「那多無聊啊！」喬納斯咕噥著。

「但是，現在必須這樣做。」母親很堅決地說：「他會搭下午的列車去紐約。現在才兩點。他是在第13街下的車，來這裡是很容易的，往來費城的旅客們通常都住這裡的。如果他在樓下看到你，就可能認出你來。他還問我住在哪裡，不過我裝作沒聽見他的話。」

「這樣也太難熬了，媽媽。」

「你再這樣的話我真的要生氣了。」布倫特太太說：「我這樣做還不都是為了你好，可是你總是和我唱反調。如果你不想發財，那我們可以放棄這些回去了！」

「好吧！媽媽，我聽您的就是了。」喬納斯有點委屈地說。

就在第二天，格蘭維爾先生把布倫特太太叫來。

「布倫特太太，」他說：「我打算明天離開這裡。」

「您的病完全好了嗎，先生？」她假裝很關心的問。

「醫生說可以試著活動活動了。我要弄一個包廂，好好享受一下金錢帶來的舒適。」

「啊！先生，在這種情況下錢可是最好的朋友。」

「是的，布倫特太太，我以前也是個窮人，現在有錢了，就要過舒適的生活。您和菲爾沒有問題吧？」

「沒問題，格蘭維爾先生，我們早就準備好了，隨時可以出發。」布倫特太太急忙回答。

「我很高興您能這樣想。我們的西部家園，我想菲爾一定會喜歡的。我從芝加哥一個經商失敗的商人那裡買下了一個很好的莊園。菲爾會有他自己的馬和僕人。」

「他會感到快樂的。」布倫特太太熱切地說：「這些他可能還不習慣，因為我和布倫特先生雖然愛他，但我們沒能力給

他那樣的生活。」

「沒關係，布倫特太太，我能理解。你們還談不上富裕，不過你們對他卻像親生兒子一樣的照顧。」

「我的確像愛自己的親生兒子一樣的愛著他，格蘭維爾先生。」

「這一點我相信。感謝上帝我還有能力來償還自己欠下的債。我雖然不能償還所有的，但會盡力讓您也過著舒適的生活，我會給您屬於您自己的房間和僕人。」

「謝謝，格蘭維爾先生。」布倫特太太說，想到自己馬上要過著的舒適的生活，不禁心花怒放，「我不在乎您讓我住哪裡，只要不把我和菲爾分開就可以了。」

「她也是深愛著我兒子的！」格蘭維爾先生心想，「然而她平常態度冷漠、刻板，從表面上看似乎不像一個有愛心而且很容易讓人感動的女人。一定是因為她給了菲爾太多的關懷，所以菲爾才會那麼的喜歡她。對我們有恩惠的人就會讓我們很容易產生好感。」

雖然格蘭維爾先生相信布倫特太太疼愛菲爾，可是他的內心還是有些失落，兒子的歸來並沒有帶給自己期待中的那種滿足和幸福。

首先，他心目中的那個兒子和眼前這個菲爾相差太遠了，現在這個菲爾一點都不像他們格蘭維爾家的人。這個孩子顯得非常地粗俗，他總是說一些粗俗的髒話，這使得格蘭維爾感到震驚。

「可能是因為他從小到大都是和鄉下的孩子在一起的緣故吧！」格蘭維爾先生想，「幸虧他現在年齡還小，還來得及培養。我到芝加哥後先給他請個家庭教師，不僅要幫他補充知識，而且要盡速改變他的言行舉止。讓他長大後成為一名紳士。」

第二天，三人便向芝加哥出發了，而格蘭維爾先生的親生兒子兼繼承人還繼續住在紐約一個廉價的租屋裡。

11
遭受冷遇

　　菲爾無法和渴望與自己團聚的父親見面，因為它的這種權力已經被繼母的陰謀給剝奪了。他自己當然一無所知。目前他唯一知道自己要做的就是為了生活繼續奮鬥。

　　他不再去想那個算命女人的預言，也不夢想去尋求任何發財的捷徑。

可是他雖然盡了自己最大的努力，生活依然難以維持。

他的食宿費每週花四美元，洗衣和午餐費需要兩美元，結果每週的薪資還不夠自己的開銷。

我們都知道他還有一點為數不多的積蓄可以使用，可是已經越來越少了。另外他的衣服開始破舊了，他也沒辦法賺錢去買新的。

菲爾有些不安了，他想到一個辦法：「寫一封信給繼母，先向她借點錢。」如果錢是繼母的，他就不會這樣做了。可是她一無所有，家裡所有的財產都是布倫特先生的，雖然他們沒有血緣關係，但菲爾知道布倫特先生喜歡自己，肯定會拿出一些錢來照顧他。因此菲爾想了很久，最後寫了一封信：

親愛的布倫特太太：

我希望您和喬納斯今後一切都好。我還是向您講講我現在的情況吧！

我很幸運地在一家大商業機構找到一份工作，週薪5美元。這比一些剛開始工作的男孩賺的都多。我很感激一位老先生對我的偏愛，他是公司的一名老闆，我之所以這麼順利，是因為我曾幫助過他。雖然我盡力在節約開支，但我這點薪資真的很難維持生活。我的食宿和洗衣費每週要花6美元，此外還必須偶爾買件衣服。我身上的錢馬上就要花光了，還是不能讓自己的

穿著像樣點。因此我不得不向您借點錢，就借25美元吧！我希望一兩年後能多賺一些錢，能完全獨立。可是現在還不行。我的父親布倫特先生肯定會養我的，所以我想我不需要對這個要求表示歉意。

問候您及喬納斯，真誠的菲爾·布倫特
紐約，3月10日

菲爾把信交給郵局後，就耐心等待著回信。

他心想：「我幾乎完全不用她花錢照顧我了，所以，布倫特太太肯定不會拒絕我的。」

菲爾認為繼母一定會寄錢給他，所以他一有時間就到那些服裝店轉轉，瞭解一下他可以花多少錢買到一套平時穿的衣服。他在鮑爾雷街看到一家服裝店，裡面有一套衣服看起來很合適，只要13美元。要是布倫特太太寄給他25美元，他還能用剩下的錢買些內衣並存一些錢解決其他問題。

過了三、四天，他沒有收到任何回信。

他不安地想：「即使她不寄錢給我，也應該寫封信來。布倫特太太總不至於連信都不回吧！」

他現在最擔心的就是萬一沒有匯款，他的生活馬上就會陷入困境。

正在他焦慮萬分的時候，他在百老彙遇見了魯本・戈普——就是前面提到的那個年輕人，菲爾離開格雷沙姆前曾把自己的槍賣給了他。

「嗨，魯本，你好嗎？什麼時候來城裡的？」菲爾高興地問。

「菲爾・布倫特！見到你真的太高興了。五分鐘前我還想到你呢！不知道你跑到哪裡去了。」魯本叫道，熱情地與菲爾握手。

「你先告訴我，你是什麼時候來紐約的？」

「我是今天早上到的！我姑丈家在布魯克林，我要住在他的家裡。」

「我想向你打聽一下布倫特太太和喬納斯的情況。四天前我寫了一封信給他們，可是都沒有回應。」

「你把信寄到哪裡了？」

「當然是格雷沙姆。」菲爾吃驚地回答。

「你還不知道他們已經離開了格雷沙姆嗎？」魯本驚詫說。

「你說誰離開了格雷沙姆？」

「布倫特太太和喬納斯在三個星期前就離開了格雷沙姆，到現在都沒有人知道他們的消息。」

「你也不知道他們去哪裡了？」菲爾非常吃驚的問道。

「不知道。我想他們會寫信給你。所以，剛才我還想問你呢！」

「可是我卻什麼都不知道啊！」

「唉！他們對你真的是太不公平了，真是一群卑鄙的傢伙。」

「房子也鎖上了嗎？」

「前兩天是那樣的。後來喬納斯的舅舅帶著家人住了進去。有人問他姐姐和喬納斯去哪裡了，可是他說自己也不清楚，也許是旅遊去了，也許去了加拿大。」

聽到這個消息，菲爾難過極了，自己畢竟在那個家裡住了那麼久，現在自己真的成了喪家之犬了。他剛到紐約來謀生時覺得自己是自願的、沒有被強迫。可是現在他只能依靠自己了，不是工作，就是挨餓。

「他們對你太不好了。」魯本說。

「所以我從來都不喜歡他們啊！」

「那你現在上班了嗎？」

這個誠實的鄉下朋友又問了幾個問題，菲爾都心不在焉的

回答了。

　　最後他說自己必須馬上回公司了。

　　這天晚上，菲爾想到自己現在的處境，徹夜難眠。必須要想個辦法，否則根本維持不了生活。他的薪資已經超過了所有的童工，一年之內是不可能再加薪了。到底該怎麼辦呢？

　　菲爾決定把自己的困難全部告訴他在這個城市唯一的朋友——奧利佛‧卡特先生，他也許可以幫助自己。

　　想到老先生對他那麼親切、友好，應該不會拒絕他的。這樣一想，他就感到稍微輕鬆一些了，決定趕快前去拜訪卡特先生。

　　晚飯後他認真的梳了梳頭，盡量穿著整齊。然後朝著卡特先生的姪女家裡走去。

　　他上了臺階，按響門鈴。漢娜開了門，因為上次他來也是她開的門，所以她還記得他。

　　「晚安。」菲爾愉快地說，「卡特先生在家嗎？」

　　「他不在，先生。你不知道他去佛羅里達州了嗎？」漢娜回答。

　　「他去佛羅里達州了！」菲爾重複道，心往下一沈，「那他是什麼時候走的？」

　　「今天下午剛走。」

　　「是誰在問奧利佛姑爺爺呀？」傳來一個男孩的聲音。

菲爾看看漢娜身後，認出說話的人是阿隆‧皮特金。

「是我。」菲爾回答。

「啊！是你？」阿隆顯得異常輕蔑的說。

「對。」雖然阿隆無禮的語調把他激怒了，但菲爾還是平靜地回答：「你應該還記得我吧？」

「記得，你不就是那個哄騙奧利佛姑爺爺，讓他把你安排在我爸爸的公司裡的那個小子嗎？」

「我從來都沒有哄騙他。我只是有幸幫了他一下。」菲爾激動的回答。

「我想你就是為錢而來的吧？」阿隆粗暴地問。

「不管怎樣我都不會向你要的。」菲爾氣憤地說。

「沒有，就算有也不會給你的。」阿隆說：「你向我媽要也沒用。她說你是一個騙子，看到奧利佛姑爺爺有錢就打他的主意。」

「我也不會去乞求你媽媽的幫助。」菲爾越來越生氣，「我很遺憾沒能見到你姑爺爺。」

「我就知道你會感到遺憾的！」阿隆譏笑道。

正在這時一個衣著樸素但整潔的婦女走下樓來，她的臉色很不好看，像是遇到了麻煩的樣子。皮特金太太就跟在後面，顯得冷漠又高傲。

「卡特先生離開紐約了，不知道什麼時候會回來。」菲爾聽見她說，「就算他在家也不會幫妳的。他根本就不喜歡妳，不會聽妳講話的。」

「我從來都不認為他會對我懷有什麼偏見。」那個可憐的婦女低聲說：「我看他絕不是一個無情無義的人。」

菲爾看著這個衣著樸素的婦女，並不掩飾自己的驚奇，因為他從那熟悉的身影上認出她就是自己租屋的老闆娘。「她來這裡做什麼呢？」菲爾心中暗想。

「福布希夫人！」他喊道。

「菲爾！」福布希夫人也叫出聲來，和他一樣的吃驚，因為她從未問過自己的小房客在哪裡工作，所以根本不知道他的老闆竟然是自己表妹的丈夫，並且跟自己那富有的姑丈還很熟。

「難道你們認識？」波特金太太問，現在輪到她吃驚了。

「是的，這位小先生就住在我的房子裡。」福布希夫人回答。

「還是個小先生！」阿隆又重複一遍，嘲笑道。

菲爾狠狠地瞪了他一眼。

聽差菲爾

「你來這裡做什麼，年輕人？」皮特金太太冷冷地問，當然這句話是針對菲爾的。

「我找卡特先生。」菲爾回答。

「卡特先生現在真是受歡迎啊！」皮特金太太譏笑道：「你們想找他的話就只有到佛羅里達了。」她稍停片刻後補充道：「不管你們以後誰再來找卡特先生都是沒用的，因為他一眼就會揭穿你們的意圖。」

「妳真狠心，娜維亞！」福布希夫人悲憤地說道。

「我叫皮特金太太！」這個女人冷冷地說。

「可是畢竟我們還是表姐妹吧？」

「我根本不承認，再見，福布希夫人。」

福布希夫人也只有無奈地說了聲：「再見！」然後走下臺階。

福布希夫人和菲爾一起走到街上。

「皮特金太太是您的表妹？」他問。

「對。」福布希夫人回答：「我和她一樣跟卡特先生有親戚關係，小時候我們就經常在一起，而且還在同一所貴族學校裡讀書。

我因為執意嫁給福布希先生而得罪了親戚們，福布希很窮，我看主要還是由於娜維亞‧皮金特才把我趕出來的。可是你是怎麼認識奧利佛姑丈的呢？」

　　於是菲爾把經過說了一遍。

　　「卡特先生是個好人，他一定是聽了別人的話，要不然他是不會把您趕走的。」

　　「我也這樣想，」福布希夫人說：「我告訴你吧！」停一會兒她繼續說：「我極力掙扎想度過困境，所以才會來這裡。菲爾‧布倫特先生，房租明天就到期了，可是我還差15美元租金，如果我把情況向奧利佛姑丈說，他應該會幫助我的。」

　　「他肯定會幫助您的。」菲爾熱心地說。

　　「可是他現在在佛羅里達州，大概要在那裡待上一兩個月。」福布希夫人說著嘆口氣，「他就算是在紐約的話，我想娜維亞也一定不會讓我們見面的。」

　　「您說的對，福布希夫人。雖然她是您表妹，可是我很討

厭她。」

　　「跟你說話的男孩就是她兒子阿隆吧！」

　　「是的，他是我見過最壞的男孩。他和他母親好像非常反對我和您姑丈來往。」

　　「阿隆很小的時候我見過他，他比我的女兒朱麗婭大兩歲。因為我的出嫁就疏遠了，娜維亞總是愛懷疑別人。」

菲爾同情地問道：「房租的事您打算怎麼辦呢？福布希夫人。」

「不知道。我只能盡量跟屋主拖一拖了。」

「我相信你會好起來的，菲爾。」福布希夫人說：「雖然你現在還沒有能力實現自己的願望，但有你這樣的朋友我感到很開心。」

「我只做你的窮朋友。」菲爾說：「其實，我也遇到麻煩了。我的週薪只有五美元，但生活費卻需要很多。我已經很難維持下去了。」

「如果你每週付不起四美元租金，那就付三美元好了。」福布希夫人說，她在同情別人的時候完全忘卻了自己的困難。

「不，福布希夫人，您還有孩子，您比我更需要錢。您應付不了的。」

福布希夫人嘆息道：「是呀！可憐的朱麗婭！她一生下來就要過貧窮的生活。只有老天知道我們是在過怎樣的日子。」

「上帝會讓我們好起來的。」菲爾說：「不知道為什麼，雖然我有麻煩但仍很快樂，雖然我不知道會怎樣好起來。但是我知道一定會的。」

「你還年輕，年輕人總是充滿希望的。我不想讓你掃興。快樂起來吧！讓快樂使你的心靈得到慰藉。」

假如菲爾現在聽見他們離開後皮特金太太和阿隆的話，他

　　就不會如此充滿希望了。

　　「沒想到這麼多年後這個女人還是出現了，真討厭！」皮特金太太用十分厭惡的語氣說。

　　「妳們真的是表姐妹嗎？媽媽。」阿隆問。

　　「是的，不過她嫁了一個窮人，所以被趕走了。」

　　「她以後要是再來的話，我們還是要把她轟走嗎？」

　　「看情況。她要是遇見奧利佛姑丈，我怕她會博取他的同情，然後達到自己的目的。更糟糕的事她竟然和那個男孩認識，她也許會讓那個男孩替她在奧利佛姑丈面前說些好話。」

　　「他不是在爸爸的公司裡工作嗎？」

　　「對啊！」

　　「要不然趁奧利佛姑爺爺不在，乾脆把他趕走算了？」

　　「這個主意太好了，阿隆！我今晚就和你爸爸說說看。」

12
失去工作

　　星期六是菲爾發薪資的日子。一般公司都是這樣的，把一週的薪資裝入小信封後發給每個員工。

　　菲爾默默地把領到的小信封放進外套口袋裡。

　　出納丹尼爾‧迪克遜看到，對他說：

　　「菲爾‧布倫特，你最好現在打開信封看看。」

菲爾雖然詫異，不過還是照做了。

信封裡除了一張五美元鈔票外，還有一張小紙條，上面寫著：「下週你不用來上班。」通知的後面是公司的落款。

菲爾頓時臉色慘白。他目前已經是陷人困境了，如果再失去工作就是雪上加霜。

「這是怎麼回事，迪克遜先生？」他急忙問。

「無可奉告。」自私的出納員露出了讓人討厭的微笑，回答說。

「這張字條是誰給你的？」菲爾問。

「老闆。」

「是皮特金先生？」

「是的。」

菲爾徑直走向皮特金先生的辦公室。

「我可以和您談談嗎，先生？」菲爾問。

「那就快點，我馬上要走。」皮特金十分冷淡的回答。

「我想知道為什麼解雇我，先生？」

「幾句話也說不清楚，原因就是我們不再需要你了。」

「我的工作讓您不滿意嗎？」

「是的！」皮特金粗暴地說。

「我什麼地方讓您失望了，先生？」

「別給我擺架子，小傢伙！」皮特金回答：「我們不想要

你了，就這麼回事。」

「但是你應該提前告訴我的。」菲爾氣憤地說。

「我們之間本來就沒有那種約定。」

「但是只有那樣才公平，先生。」

「別再說了，年輕人！我不允許你這樣！我怎樣管理公司根本不需要你來提醒。」

菲爾這時發覺任何商談或抗議都是沒用的。因為他的解雇跟他的工作好壞毫無關係。「我明白了，先生，你根本不在意公不公平。我會走的。」他說。

「那最好了，你馬上就給我走人吧！」皮特金說。

菲爾心情沈重地來到街上。現在他只剩下剛領到的薪資和75美分零錢了，下一步該怎麼辦呢？他拖著沈重的腳步回家了，儘管他平常總是充滿希望，可是現在他真的有些難過了。

福布希夫人在客廳看到菲爾進屋時的表情十分的憂鬱。

「你怎麼了，菲爾？」她問。

菲爾回答道，「我失業了。」

「為什麼？」福布希夫人說，頓時同情起來，「你跟老闆

吵架了嗎？」

「我從未和他吵過架。」

「他解雇你的理由是什麼？」

「他沒說。我請他解釋，可是他只是說從此不再需要我了。」

「不可能再回去了？」

「我想是的。」

「沒關係，菲爾。像你這麼聰明、能幹的孩子一定很快就會找到工作的。再說只要我有住的，你就會有住的。」

「謝謝，福布希夫人。您真是一個好人。您自己都遇到了麻煩，還要幫助我！」

「我今天很幸運。」福布希夫人高興地說：「以前有個房客，失業時在這裡住了五、六個星期，現在他在波士頓找到工作，就寄30美元房租給我。這樣我不僅可以付清房租，還能剩下一點。我是幸運的，你也一定是。」

女房東的理解，使菲爾感到一些安慰，因此他看待事情更加樂觀了。

「我星期一早上就出去找工作。」他說：「說不定這還是一件好事呢！」

第二天他過得也並不快樂，眼前的孤單一人，讓他想起了三個月前，那時他還有家、有親戚。星期天上午他去教堂做禮拜，在這個神聖的地方，他才感到稍微平靜一些。

星期一他買了一份報紙，只要招募男工的地方他都去詢問。可是每個地方都要他出示他前任老闆寫的介紹信。他決定回原公司開一份，儘管他很不願意去求那個卑鄙的皮特金，但是沒有辦法。於是他只好決定拋棄自尊，來到皮特金先生的辦公室。

「您好，皮特金先生！」他說。

「你又來了！你別想要求回來，沒有用的。」

「我不是要求回來。」菲爾回答。

「那你還來這裡做什麼？」

「我想請您幫我寫一封介紹信，讓我另外找份工作。」

「哎呀，哎呀！」皮特金說，搖搖頭，「你這個人臉皮還真厚啊！」

「什麼叫臉皮厚？」菲爾問：「我盡了最大努力，想另外換一份工作，可是他們都要我拿出介紹信來。」

「我絕對不會給你的！你的家在哪裡？」皮特金粗暴地說。

「我已經沒有家了，現在就住在這個城裡。」

「你是從哪裡來的？」

「從鄉下來的。」

「那你就趕快回鄉下去吧！那才是你待的地方，你在城裡是沒有前途的。」

可憐的菲爾。沒有皮特金先生的介紹信，他想再找個工作幾乎是不可能的，以後該如何在城裡生活下去呢？他可不想去賣報紙或擦皮鞋，現在也只有這條路可走了。

「我現在雖然生活艱難，但是一定會好起來的。」他對自己說。

於是他毅然地轉身走出公司。

當他經過櫃檯時威爾伯站在那裡，對他說：

「太遺憾了，菲爾。我很慚愧！如果我有錢的話，肯定會借5美元給你的。」

「謝謝你的好意，威爾伯。」菲爾說。

「有時間記得來看我。」

「我會的——很快就會去看你的。」

他走出公司，在街上漫無目的地徘徊。

他為自己的希望一次次落空而感到難過，四天後他來到碼頭，他覺得自己可以做搬運工，絕不能為了面子而不屑做這種體力勞動。

正好查爾斯頓的船駛進碼頭，乘客們正在陸續登岸。

菲爾無精打采地站在碼頭看著他們。

忽然他大吃一驚，不由得欣喜若狂。

瞧，他那位好朋友奧利佛·卡特先生正走下跳板，菲爾還以為他遠在佛羅里達州。

「卡特先生！」菲爾大叫一聲，衝了過去。

「菲爾！」老先生也喊道，十分驚奇，「你怎麼到這裡來了？是皮特金先生派你來的？」

13
澄清事實

　　現在已經說不清楚到底是菲爾或卡特先生哪個更感到吃驚
了。

　　「皮特金先生怎麼知道我要回來的，我沒有告訴他呀！」
老先生說。

　　「我想他根本就不知道。」菲爾說。

「不是他派你到碼頭來的？」

「不是的，先生。」

「那你現在應該是在公司裡啊？」卡特先生迷惑不解地問。

「我已經不再是那裡的員工，上週六我被解雇了。」

「誰解雇你！為什麼？」

「皮特金先生沒說理由，只是說不再需要我了。他說話時態度很粗暴，儘管我說沒有介紹信我無法在別處找到工作，可是他就是不幫我寫。」

卡特先生雙眉緊鎖，顯然十分動怒了。

「這件事一定要讓他講清楚。」他說，「菲爾，叫一輛馬車，我馬上去阿斯特旅館訂個房間。我本來是要馬上去找他的，不過我現在想等他把這件事解釋之後再去見他了。」

已經山窮水盡的菲爾聽到此話非常的高興，本來明天就要被迫去當報童了，沒想到卡特先生的意外出現又使情況有了轉機。

兩人坐進了菲爾叫來的馬車。

「您怎麼這麼快就回來了，先生？」他們坐好後菲爾問：「我以為您要那裡待好幾個月。」

「本來是那樣打算的，但到達查爾斯頓後我改變了主意。我原來想在聖奧古斯丁見一些朋友，但後來聽說他們已回到北方去了，我覺得待在那裡也沒事，就決定回來。現在我很高興終於回來了。我的信你收到沒有？」

「您的信？」菲爾問，驚訝地看著卡特先生。

「是啊！我拿給他一封信，信上寫著你的地址，我叫他寄給你，裡面還有一張10美元的鈔票。」

「我從來就沒收到過什麼信，先生。如果那是真的會對我有很大幫助的——我是說那些錢，因為每週5美元實在是難以維持生活，可是我現在已經山窮水盡了。」

「信被阿隆扣起來了？」卡特先生心想。

「無論什麼原因，我的確沒有收到。」

卡特先生說：「這件事要好好查一查。如果他扣了那封信，或許他也拿走了錢——那他的品行就更惡劣了。」

「雖然我不太喜歡他，但是我不太相信他會那樣做。」

「他和你不一樣，我瞭解他。他喜歡錢，倒不一定會花掉，而是想存起來。你是怎麼知道我去了佛羅里達州？」

「我是在您的家裡聽到的。」

「你去過那裡？」

「是的，先生，因為我感到那點薪資實在無法生活下去，我也不想讓福布希夫人為了我而減少房租，所以……我就去找您了。」

「這個名字聽起來很耳熟。福布希夫人？」老先生緊接著重複道。

「福布希夫人是您的姪女。」菲爾說，心裡產生了一個想法——他總算可以報答一下那個善良的老闆娘了。

「是她告訴你我們關係的？」

「不是的，先生，我在皮特金太太家遇見她以前，我根本就不知道這些。」

「她去那裡……是找我嗎？」老先生問。

「是的，先生，可是皮特金太太對她非常冷淡，還說您對她有成見，叫她最好別去了。」

「她就是那麼冷酷、 自私。我非常清楚。她現在怎麼樣？」

「先生，她為了維持生活，在苦苦掙扎著。」

「你就住在福布希夫人那裡？」

「是的。」

「她和皮特金太太一樣都是我的親戚。」

「這些後來她都告訴我了。」

　　「當初因為婚姻使家人對她產生了偏見，現在才明白是娜維亞在從中作梗，她總是喜歡扭曲事實並製造衝突，我當時竟然幫她達到自私的目的。她只是為了自己和兒子將來能佔有我的全部財產罷了。」

　　菲爾在心裡也認同這種說法，只是不願意說出來罷了，他覺得自己也是其中的一個受害者。

　　「也就是說您對福布希夫人並沒有他們說的那種偏見？」他隨意問道。

　　「是的，沒有！」卡特先生認真地說：「可憐的瑞貝卡！她比皮特金太太的人品好多了。你說她現在生活很艱苦是嗎？」

　　「上個月付房租都付的很辛苦。」菲爾說。

　　「那她現在住什麼地方？」

　　菲爾告訴了他。

　　「那是一棟什麼樣子的房子？」

　　「它的門面不是用褐色石頭裝飾的，是一棟非常簡陋的房子，不過她因為沒有湊齊房租，差點連這樣的房子都沒有了。」菲爾微笑著回答。

　　「你對她的感覺怎麼樣？」

　　「我非常喜歡她，卡特先生。她對我一直很好，儘管她自己的生活相當困難，但她說只要她有住的地方我也可以住下。

而現在我失去了工作，連食宿費都沒著落了。」

「工作很快就會有的，菲爾。」老先生說。

菲爾馬上明白，自己肯定會再回到公司上班的。但這並沒有讓他感到快樂，因為皮特金先生肯定還會找他麻煩的。但是他仍然會接受。

這時他們已經來到了阿斯特旅館。

菲爾先下車，扶著卡特先生下來。

他拿著卡特先生的手提包，跟著進入旅館。

卡特先生登記了自己的名字。

「你的名字呢？」他問，「菲爾‧布倫特？」

「是的，先生。」

「我也把你的名字登記上。」

「我也住在這裡嗎？」菲爾吃驚的問。

「是啊！我想讓你來擔任我的私人秘書，這樣比較可靠。我登記兩個房間，一間給你住。」

菲爾驚訝地聽著。

「謝謝，先生。」他說。

卡特先生請人把他的箱子從船上帶來，然後住進房間。菲

爾的房間雖然小一些，但跟他自己住的房間比起來已經是相當豪華了。

「你還有多少錢，菲爾？」老先生問。

「25美分。」菲爾回答。

「那可不多呀！」卡特先生面帶微笑，「來，讓我給你補充一些吧！」

他從皮夾裡抽出4張5美元的鈔票遞給菲爾。

菲爾非常感激的說：「我該怎麼感謝您才好呢？先生。」

「等你發了財，再來感謝我吧！儘管皮特金夫婦總是陷害你，但是卻幫了你的大忙。」

「如果您允許的話，我今天晚上想去見福布希夫人，我怕她會擔心我。」

「當然可以了，你去吧！」

「我可以告訴她我見到您了嗎？先生。」

「可以，你告訴她我明天會去看她。另外把這個帶給她。」

卡特先生取出一張100美元的支票，交給菲爾。

他說：「先到銀行兌換一下，盡快回來。」

菲爾高興的跳上了旅館前面的一輛車，向目的地趕去。

14
房租上漲

　　菲爾的情況暫且不說，先說說福布希夫人的房子的事。

　　她雖然千方百計如期繳了房租，但還是沒有逃脫煩惱。眼前又到了決定明年是否續租的關鍵時候。5月11日是紐約的「搬遷日」，租屋通常從這一天開始或終止，債務也在這天或提前處理。

房東找到福布希夫人，問她是否想繼續租下去。

「我想繼續租下去。」

每月繳納的租金雖然有些困難，可是搬家也是需要費用的，而且到一個新的地方找新的房客也需要一段時間，得不償失。福布希夫人是這樣考慮的。

「那再好也不過了。」房東說：「每月50美元已經很低了。」

「是45美元吧！斯通先生。」福布希夫人說。

「不，不。」

「可是我一直是付這個價錢呀！」

「是的，但現在要收50美元，如果妳不願租的話，有人會租的。」

福布希夫人聲音憂鬱的說：「斯通先生，我希望您能體諒一些。我已盡了最大努力每月湊到45美元繳房租，真的只能繳這麼多了。」

「對不起，那和我沒關係。」房東粗魯地說：「如果妳付不起房租，那就只能搬出這個小房子。如果想繼續住這間房子就必須每月繳50美元房租。」

「我實在想不出別的辦法了。」福布希夫人沮喪地說。

「給妳三天時間考慮。」房東冷冷地說：「妳放棄的話，一定會後悔的。」

房東走了，福布希夫人悶悶不樂地坐在那裡。

「朱麗婭，」她對女兒說：「要是妳再大些，能幫我出出主意就好了。我不願意搬走，可是付得起那麼貴的房租嗎？」

「一年600美元！」朱麗婭說。

「那對我們來說太多了。」

「但在皮特金太太眼裡是微不足道的。」朱麗婭忿忿不平地說：「那個女人如此富有，而母親卻為了生活費不得不苦苦掙扎，真是不公平。」

「唉，是啊！娜維亞真是個富婆。」福布希夫人嘆息道，「奧利佛姑丈怎麼會喜歡這個自私又貪婪的女人。」

「這件事您為什麼不聽聽菲爾的意見呢？」朱麗婭說。

「菲爾也遇到了麻煩。」福布希夫人說：「因為皮特金夫婦心懷惡意，他失去了工作——肯定是娜維亞解雇的；不知道他什麼時候能再找到工作。」

「如果他付不起食宿費的話，您不會讓他走吧！媽媽。」

「當然不會的。」母親溫和地說：「只要我們有住的地方，就有菲爾的。」

朱麗婭激動地站起來吻了母親一下說：「真是好媽媽。」

「看來妳喜歡上菲爾了。」福布希夫人面帶微笑地說。

「是的，媽媽。菲爾待我就像可可一樣。」

這時門打開了，菲爾走了進來。

他這幾天回家時都顯得很消沈，因為找工作又總是毫無結果。可是今天他顯得容光煥發。

「菲爾，找到工作了，」朱麗婭馬上叫起來，「在哪裡？工作好嗎？」

「真的？菲爾。」福布希夫人問。

「對，找到啦！」

「你覺得老闆怎麼樣？」

「他對我很好。」菲爾微笑著說：「他預付我20美元。」

福布希夫人說：「我相信你，菲爾，不過這似乎太不尋常了。」

「還有更不尋常的呢！」菲爾說：「他還叫我帶了些錢給您。」

「我？」福布希夫人，大為震驚。

「他知道我？」

聽差菲爾

「我告訴他您的情況。」

「可是我不認識他啊！」

「他過去瞭解您，現在仍然關心您。」

「會是誰呢？」福布希夫人一時理不著頭緒。

「我告訴您好了，就是您的奧利佛姑丈。」

「唉！他不是在佛羅里達州嗎？」

「沒有，他得知我們的情況後，很氣憤，於是搭車去了阿斯特旅館。在那裡幫我訂了一個房間，讓我做他的私人秘書。」

「那就是你的新工作？菲爾。」朱麗婭問。

「是的。」

「他以後會對我很好？」福布希夫人，充滿希望。

「他不但送錢給您，而且明天還會來看您。」菲爾說：「這是100美元。」

「給我？」她問。

「是呀！」

「朱麗婭，」福布希夫人轉向女兒說：「上帝聽見了我的祈禱，好日子等待著我們呢！」

「也包括菲爾。」菲爾微笑著補充一句。

「對。 我希望你也能分享我們的好運。」

「媽，您最好問問菲爾租房子的事。」

「哦，對了。」

於是福布希夫人告訴了菲爾房東來過的事，徵求他的意見。

「該不該繼續租這個房子？」她說：「雖然有了奧利佛姑丈的這筆資助，我還是難以決斷，菲爾，你的意見呢？」

「我認為您最好別決定，等見了您姑丈再說。也許他有什麼安排。不管租不租我要先把一週的食宿費付給您。」

「不，菲爾。我不會再拿你的食宿費了，不是你的話，我還得不到這些錢呢！」

「費用就是費用，福布希夫人，我希望把它付清。今晚我就不在這裡吃晚飯了，卡特先生還等我回旅館。明天我會和他一起來。」

菲爾在從百老匯大街回到旅館的路上遇到了阿隆·皮特金。

「我要問問他，他姑爺爺叫他寄給我的那封信到底怎麼了。」菲爾心裡想著，便邁開大步朝著阿隆走去。

阿隆見菲爾向他走來，覺得奇怪，決定跟菲爾談談，以便

看看他有什麼打算，或者正在做什麼。他一心希望菲爾找不到工作，陷入困境。

阿隆想：「他一心討好奧利維爾姑爺爺。我肯定是處心積慮地想把我排擠掉，不過跟媽媽和我作對是行不通的。」

「啊！是你呀？」阿隆招呼道。

「是的。」菲爾回答。

「我爸爸把你開除了吧？」阿隆得意地說。

「不錯。」菲爾回答：「就說他解雇了我。這不正如你所願嗎。」

「你總算明白了。」阿隆說：「又找到工作了嗎？」

「你怎麼關心起我來了？」菲爾問。

「哼，鬼才關心呢！」阿隆回答。

「那是好奇？」

「差不多吧！」

「那麼我告訴你我找到工作了。」

「什麼工作？」阿隆有些失望的追問。

「沒必要說的太具體吧！」

「對，我想也是。」阿隆嘲笑道：「是不是在賣報紙或擦皮鞋。」

「你搞錯了。比在你父親那裡聽差好多啦。」

阿隆聽到這話感到很懊惱。

「你的新老闆沒有要介紹信？」

「他說沒有那個必要！」菲爾回答。

「要是他知道你被解雇，他肯定不會用你。」

「他知道這事。你問完沒有，阿隆？」

「放肆，應該叫我皮特金先生。」

阿隆這種自以為了不起的樣子菲爾覺得好笑，不過沒說什麼。

「我想知道，卡特先生給我的信你把它弄到哪裡去了？」菲爾問。

阿隆感到有些吃驚，不過沒有驚慌。其實當他接到信就斷定裡面肯定是錢，就拆開，將錢拿走。拿到的錢他並不想花，到現在還放在他的口袋裡，他打算把它存起來。

「無知道你在說什麼。」他支吾著說，「你說的是封什麼信？」

「就是卡特先生讓你給我的那封信。」

「如果他讓我寄了什麼信的話，我肯定早已經寄出去了。」阿隆自己都不知道該怎樣回答。

聽差菲爾

「可是我到現在都沒有收到。」

「那你聽誰說他給了我信呢？」阿隆茫然不解的問。

「這個我不會告訴你的，但是的確有這樣一封信交給了你。你知道裡面放的什麼嗎？」

「不就是寫的一些什麼東西麼。」阿隆輕率地說。

「是的，不過還有一張10美元的鈔票。但我並沒收到這封信。」菲爾盯著他的臉說道。

「你真會編故事！」阿隆說，「我認為奧利佛姑爺爺不會那麼傻，給你寄錢。如果他寄了你就應該收到了，可現在你又假裝沒有收到，還想到這裡來繼續騙錢。」

「你完全錯了。」菲爾平靜地說。

「如果你沒有收到信，那怎麼知道上面寫了什麼，還知道裡面有錢呢？」阿隆得意地問，覺得這個問題對菲爾是個沈重打擊。

「我不會告訴你我是怎麼知道的，你是不是就不打算承認啊？」

「我忘記奧利佛姑爺爺是不是真讓我寄過信。」

「那你告訴我他在佛羅里達的地址，我寫信問問他。」

「不，不行。」阿隆氣憤的說，「你這樣的要求真是太無

恥了。我媽媽說你是她見過的最壞的小子，真的沒錯。」

「行啦，阿隆。」菲爾平靜地說，「我想要知道的都知道了。」

「你知道了什麼？」阿隆驚惶的問。

「別太擔心。我想我知道那封信後來怎麼樣了。」

「你的意思是我拆開信把錢拿了？」阿隆臉都漲紅了。

「我是不會隨便說別人的，除非自己又讓我能夠證明。」

「你最好別那樣！我如果發現你的老闆是誰，就會讓他知道你被我爸開除過。」阿隆盛氣凌人的說道。

「隨便你！我很幸運能為那位先生工作，我敢肯定你說的任何謊言都不會傷害到我的。」

菲爾冷冷地說完，轉身走開。

可阿隆把他叫回來，因為他的好奇心還沒充分得到滿足。

「喂，你還是在福布希夫人家裡住麼？」他問。

「不是的，我已經不在那裡住了。」

阿隆這下放心了。他們在一起讓母親非常的不安。總是，擔心他們會合謀去討好她富有的姑父。

「他媽說她不好。」阿隆不禁加上一句。

「是一位很好的女士。」菲爾溫和地說，他不能忍受別人

說朋友的壞話。

「還女士呢？她只能算一個窮光蛋。」阿隆譏笑道。

「但是不會因為她窮就不能被稱為女士了。」

「奧利佛姑爺爺不喜歡她！」

「是的！」菲爾說，停下看看阿隆還有什麼要說的。

「我媽說她自己給自己丟臉，所有親戚都_棄了她。你以後要是見到她，就告訴她以後別再偷偷摸摸到我家來了。」

「如果你寫封信告訴她，我會替你傳達的，絕不會像你那樣交不到人家手裡的。」菲爾說。

「我才懶的理她呢。」阿隆傲慢地說。

「那你卻我還是太好啦，花那麼多時間來和我聊天。」菲爾調侃地說。

阿隆不知如何回答菲爾的話，只好帶著滿腹狐疑走開了，心中感到有些忐忑不安。

阿隆自言自語道，「這小子，到底是怎麼知道奧利佛姑爺爺讓我寄信給他的？如果他知道我拆開信拿走了錢，就會有大麻煩了。我想最好見到他就躲，永遠都別再見到他了，他會報復的。」

對於阿隆拆信的事情就連皮特金夫婦都不知道。

　　雖然他們很不情願讓菲爾收到這樣一封信，但畢竟還是有頭腦的，不會縱容兒子這麼做的。

　　「哦，」後卡特先生問剛進屋的菲爾，「見到福布希夫人沒有？」

　　「見到了，先生，我把錢也交給了她。她太高興啦，但更讓她高興的不是得到那麼多錢，而是知道您終於接受了她。」

　　「可憐的姑娘！恐怕她吃了不少的苦。」老人說，忘了她現在已是個有些憔悴的婦女了，

　　「她雖然遇到過許多困難，先生，不過她已經不在乎了。」

　　「只要我還活著，她以後的日子就會好過的。我明天就去看她。菲爾，我們一起去吧。」

　　「好的，先生。順便告訴你，我剛才路過百老匯時遇見了阿隆。」

　　他詳細講述了自己和阿隆的談話。

　　「現在看來真的事他把錢拿走了，讓他拿吧，他會因小利而付出巨大的代價的。」

15
轉運

　　第二天早上，卡特先生對菲爾說：「你去叫一輛馬車來，要找四人坐的那種。」

　　「是，先生。」說完，菲爾就出去了。

　　五分鐘後，一輛四人座馬車來到門口。

　　「好了，菲爾，我們去見我的姪女吧！」

「福布希夫人可沒見過有人坐馬車去拜訪她。」菲爾笑道。

卡特先生說：「是啊！我不該這麼久都不管她。我以前比較喜歡瑞貝卡而不是娜維亞，娜維亞在很多方面都不如瑞貝卡。瞧，菲爾，我真是個老傻瓜啊！」

「可是您現在做的很好，卡特先生，」菲爾笑著說：「一個人永遠都來得及改正錯誤。」

「說的太對了，你這句話說的就像是一個小哲學家。」

「這是我從書上看來的，卡特先生。」

「是嗎？菲爾，你一定受過不錯的教育。」

「可以這麼說吧！先生，這都多虧我的父親布倫特先生。我的拉丁語學得很好，懂一些希臘語。」

「你想上大學嗎？卡特先生問。

「想過，先生。」

「你願意去嗎？」

「假如父親活著的話，我本來會上大學的，可是繼母說那樣太傻，等於白扔錢。」

「說不定她準備把錢留給自己兒子去上學？」老先生說道。

「喬納斯可不願意去受那種罪。」

「說到你的繼母，你最近沒有她的消息嗎？」

「我只聽說他們離開了老家，至於去了哪裡，我也不知道。」

「這可真奇怪。」

說著說著，他們來到了福布希夫人的住處。

「這就是瑞貝卡住的地方？」卡特先生問。

「是啊！先生。可是真的無法跟皮特金太太的房子比。」

「是呀！」卡特先生若有所思地回答。

菲爾按響門鈴，兩人來到客廳。沒等多久，福布希夫人便出現了，看的出來，她有些抑制不住內心的興奮。

「瑞貝卡！」老先生叫著站起身來，15年前最後一次見到姪女時，她還是小女孩，現在卻發生了那麼大的變化。

「奧利佛姑丈！您真是好心，還來看我！」福布希夫人叫道，眼淚奪眶而出。

「好心？別諷刺我了！我這麼久都不理妳。有些人總是千方百計讓我們分開。妳丈夫去世了嗎？」

「是的，姑丈。他很窮，但他是個好男人，讓我感到幸

福。」

「我開始覺得自己真是個老傻瓜，瑞貝卡。菲爾，你說呢？」

「哎呀！卡特先生。」菲爾叫道。

「是的，你一定是這麼認為，菲爾。」卡特先生說：「不過，就好像你剛才講的那樣，永遠都來得及改正錯誤。」

「福布希夫人會認為我對您太放肆了，先生。」

就在這時，朱麗婭走進屋裡。她有些害羞，不敢進來，直到福布希夫人對她說：

「朱麗婭，這就是奧利佛姑爺爺。妳以前曾聽我說起過的。」

「是的，媽媽。」

「我敢說，妳肯定認為我是個老傻瓜。好啦！朱麗婭，來親親姑爺爺。」

朱麗婭臉紅了，但還是跑上去親了一下。

「我知道她是妳的孩子，瑞貝卡，她跟妳小時候一模一樣。對了，妳們今天上午還有別的安排嗎？」

「沒有，奧利佛姑丈。」

「門口有輛馬車，妳們收拾一下，我們去商店買些東西。」

「買東西？」

聽差菲爾

「是的，我要把妳們兩個打扮得漂亮一點。老實說，瑞貝卡，妳的衣服實在是太破舊了。」

「我知道，姑丈，可是隨時都需要花錢，我哪裡還顧得上衣服啊！」

「這個我可以理解，不過現在情況不同了。」

「我們又不用趕時髦，姑丈。」福布希夫人說。

他們上了馬車，來到一家豪華的大型商店，這裡的女性服裝應有盡有，福布希夫人挑了一些十分樸素的衣服，但奧利佛先生堅持給她買那些華貴的服飾。

「可是，姑丈，」福布希夫人說道：「一個出租房屋的老闆娘怎麼能打扮得那麼時髦。」

「妳以後只需接納菲爾和我就行了。」

「您真的要和我們住在一起嗎？姑丈。可是我這裡實在太破舊了。」

「當然，不過妳得搬走。等妳買完東西我再告訴妳。」

他們買完東西又上了馬車。

「去麥迪遜大道××號。」卡特先生對車夫說。

「奧利佛姑丈，你把方向搞錯了吧！」

「沒有，瑞貝卡，我知道自己要去什麼地方。」

「您住在麥迪遜大道？」福布希夫人問。

「你們也是的。我在麥迪遜大道有一間房子，最近的租戶到歐洲旅行去了，所以房子就空了下來。妳明天就搬過來，做我的女管家。」

「您對我們這麼好，我該怎麼感謝您呢？」福布希夫人高興得熱淚盈眶，「我苦苦掙扎了這麼多年，終於可以喘口氣了。」

「不過妳恐怕得遷就一下我的那些古怪想法。」奧利佛姑丈微笑著說：「我是個很專制的老傢伙，如果誰不聽話的話，我就讓他滾蛋。」

「我呢？卡特先生。」菲爾問。

「你也不例外。」

「那麼，假如您解雇我，我就跑到皮特金先生那裡去找工作了。」

「那不是自投羅網嗎？」

　　這時他們已經到達奧利佛先生的房子面前。它的門面用褐色石頭築成，看起來很有氣派，裡面的家具相當齊全，漂亮極了。卡特先生選了第二層樓自己用，把第三層樓一間較大的房間給菲爾住，讓福布希夫人再挑兩個房間給朱麗婭和她自己住。

　　「這比皮特金太太的房子好多了。」菲爾說。

　　「沒錯。」

　　「要是讓她知道了，肯定會嫉妒死的。」

　　「當然，不過她活該。」

　　大家安頓好了之後，第二天福布希夫人和朱麗婭就把他們原來的小房子退租，把那些廉價的家具賣掉，而卡特先生和菲爾也從阿斯特旅館搬了過來。

　　「皮特金一家人知道這件事的話，」菲爾想：「他們一定會很難受的。」

16
驚聞意外

　　菲爾和福布希夫人的生活已經發生了很大變化的時候，阿隆也把遇到菲爾的經過講給了媽媽聽，不知內情的皮特金太太還安慰自己的寶貝兒子。

　　「你放心，他肯定是在撒謊，隆尼。」皮特金太太說：「童工是沒那麼容易找到工作的，而且他還沒有前任老闆的介

聽差菲爾

紹信。」

「其實我也是這麼想的，媽媽。」阿隆說：「可是菲爾看起來仍然很神氣，而且還像以前一樣，一點禮貌都沒有。」

「他確實不懂禮貌。而且我覺得他只不過是在裝腔作勢地欺騙你罷了。」

「可是他從哪裡弄到錢生活呢？」阿隆問道。

「我想他大概是在城市的某個角落裡賣報紙或擦皮鞋吧！他也許可以賺到足夠的生活費，但是他不敢告訴你，因為怕你嘲笑他。」

「希望如此，媽媽。我以後要多到市政公園或其他地方轉轉，說不定能遇上他擦鞋呢！到時候我一定叫他給我擦皮鞋，好好羞辱他一下。」

「他當然會幫你擦的。」

「我很想明天就去找找他。」

「好吧！隆尼。」

阿隆第二天真的去找了，不過他沒有找到菲爾。我們知道，菲爾這時正在替卡特先生當秘書呢！卡特先生這時發現自己對小菲爾的工作表現非常滿意。

差不多一個星期過去了。雖然奧利佛姑丈在紐約已經住了很久，但皮特金一家仍然以為奧利佛姑丈仍然在遙遠的佛羅里達州度假呢！

　　直到有一天，皮特金太太的朋友范里弗夫人突然造訪。皮特金太太才發現大事不妙。

　　「奧利佛・卡特先生是你姑丈吧？」范里弗夫人問道。

　　「是的。」

　　「前幾天我在百老匯見過他，他看起來挺好的。」

　　「那一定是在兩星期之前吧！奧利佛姑丈目前在佛羅里達州呢！」

　　「佛羅里達州！」范里弗夫人驚奇地叫道：「什麼時候去的？」

　　「是什麼時候去的？隆尼。」皮特金太太問兒子。

　　「到下星期二才滿兩個星期呢！」

　　「你們一定是弄錯了吧！」客人說，「前天我還在百老匯看見他呢！就在第20大道附近。」

　　「我敢肯定是妳弄錯了，夫人。」皮特金太太非常肯定地說道：「妳一定是認錯人了。」

　　「不會的，皮特金太太。」范里弗夫人堅定地說道：「我認得卡特先生，當時還停下和他說話呢！」

　　「妳肯定嗎？」皮特金太太一副詫異的神情。

　　「當然。」

　　「妳叫了他的名字？」

　　「當然，我甚至還提到過妳。他說他知道妳過的很好。」

　　「不錯。」皮特金太太盡量掩飾自己內心的驚恐，「大概是奧利佛姑丈提前回來了，只是路過紐約吧。他在西部還有一些生意。」

　　「我覺得他並不只是路過這裡，因為我有一個朋友昨晚還在第5大道劇院看過他。」

　　這時皮特金太太已經嚇得一臉蒼白了。

　　「這可太令人意外了。」她說：「他是單獨一個人嗎？」

　　「不，他帶著一位女士和一個男孩。」

　　「難道奧利佛姑丈會娶了某個寡婦？」皮特金太太心想：「那可就太糟糕了！」

　　范里弗夫人起身告辭之後。皮特金太太轉向阿隆，聲音沈重地說道：「隆尼，你聽到范里弗夫人說的話沒有？」

　　「聽見了！」

　　「難道奧利佛姑爺爺又結婚了？」她問，同樣聲音沈重。

　　「我一點也不覺得奇怪，媽媽。」

　　「如果是那樣的話，意味著什麼？我可憐的孩子，我以為奧利佛爺爺的財產會全部歸我們呢！可是……」她幾乎快崩潰了。

「他也許只是訂婚呢！」阿隆安慰道。

「是啊！」皮特金太太臉上又露出了喜色，「如果是那樣的話，這事倒還可以挽回。唉！隆尼，我從未想過你姑爺爺會那麼狡猾。他竟然騙我們說去佛羅里達州。」

「我們該怎麼辦呢？媽媽。」

「我要盡快查明奧利佛姑爺爺現在的住址，然後我們去看他，避免他做出蠢事。」

「怎麼查呢？媽媽。」

「不知道，這確實讓人傷腦筋。」

「為什麼不去雇個偵探呢？」

「我怕你姑爺爺知道了會生氣的。」

「你認為菲爾會知道這件事嗎？」阿隆說道。

「不知道，不過我相信他不會的。你知道他現在住在哪裡嗎？」

「還是那個地方，那個自稱是您表姐的女人那裡。」

「我想起來了，隆尼。我要坐馬車到那裡走一趟。但你必須小心別讓他們知道奧利佛姑爺爺人在紐約。我不希望他們見面。」

「好的，您放心吧！媽媽。」

不久皮特金家的馬車停到門口，皮特金太太和阿隆上了車，很快來到福布希夫人先前住的那間房子。

175

「真是一個下等人住的地方！」阿隆一臉傲慢地看著那個小小的房子。

「她也只配住這樣的房子。隆尼，去按一下門鈴吧？問問福布希夫人是否住在這裡。」

一個小女孩打開門，穿著一身破舊的衣服，看起來倒與這個寒酸的住處挺相配。

「她或許是瑞貝卡的孩子吧！」皮特金太太從馬車窗口往外看著說道。

「福布希夫人住在這裡嗎？」阿隆問。

「不，現在住在這裡的是卡瓦納夫人。」

「以前的福布希夫人不住在這裡了嗎？」阿隆又問道。

「一週前搬走了。」

「妳知道她搬到哪裡去了嗎？」

「不知道。」

「有個叫菲爾・布倫特的男孩住在這裡嗎？」

「沒有。」

「你知道福布希夫人為什麼要搬走嗎？」阿隆又問。

「也許是因為她繳不起房租吧！」

「很有可能。」阿隆滿意地回答道。

「好啦！媽媽，沒什麼值得再查的了。」他說。

「回家！」皮特金夫人說道。

他們回到第12街的家時，卻碰到一件讓他們大感意外的事。

「您看看誰在樓上？夫人。」漢娜說道。

「誰？」

「是您的奧利佛姑丈，夫人，他剛從佛羅里達州回來。不過我想他正要搬到別的地方去。」

「阿隆，我們上去看看他。」皮特金太太一臉焦慮地說道：「這到底是怎麼一回事啊？」

當皮特金太太帶著阿隆走進房間的時候，卡特先生正從自己的衣櫃裡取出東西，並把它們裝進一個箱子裡。看到這種情形，皮特金夫人不由得大驚失色。

「奧利佛姑丈！」她一下跌坐椅子上，驚叫了起來。

「啊！是妳，娜維亞！」他平靜地說道。

「您在做什麼？」皮特金夫人問道。

「我在收拾行李。」

「您要離開我們？」波特金太太吞吞吐吐地說道。

「我覺得還是應該改變一下環境。」卡特先生說。

「這真是令人意外。」皮特金太太說：「您什麼時候從佛羅里達州回來的？」

「我根本沒去那裡，剛到阿爾斯頓，我就改變了主意。」

「您回紐約多久了？」

「不到一個星期。」

「可是您卻從沒回來過，為什麼呢？我們做錯了什麼事情嗎？」皮特金太太一邊說， 邊用手帕擦眼睛。

當然，我們知道，她的眼裡並沒有眼淚，她這樣做，只不過試圖打動奧利佛先生罷了。

「妳知道瑞貝卡‧福布希住在城裡吧？」老先生突然問。

「知道。」皮特金太太吃驚地回答道。

「妳見過她嗎？」

「見過。她來過這裡。」

「妳當時是怎麼對待她的？」卡特先生嚴厲地問道：「妳是不是把她趕到門外去？妳不是告訴她，我對她非常生氣嗎？」

「是的，我也許說過。可是您知道，奧利維爾姑丈，您已經很多年沒跟她聯絡過了。」

「是呀——所以我感到很慚愧！」

「我認為您也不喜歡她。」

「妳還認為她會把我的財產奪走，那樣妳和阿隆就得不到了，是不是這樣的？」

「啊！奧利佛姑丈，您怎麼會把我想像得那麼卑鄙呢？」

卡特先生微笑著，確切地說，應該是冷笑著注視自己的姪女。

「這麼說是我冤枉了妳？娜維亞。」他轉過身。

「真的，太冤枉了。」

「我很高興聽到妳這麼說。現在我想可以告訴妳我的計劃，」

「您有什麼計劃？」皮特金太太問。

「我在妳家住了10年，一直沒有跟瑞貝卡聯絡。我想我應該好好關心一下她，這樣才公平。所以，我讓她住在我麥迪遜大道的那間房子，做我的的女管家。」

突然之間，皮特金太太覺得天好像快要塌下來了。眼看自己多年的計劃就要化為烏影了。

「瑞貝卡真有辦法啊！」她一臉痛苦地說道。

「她根本沒想任何辦法，是我主動找她的。」

「您怎麼知道她住在哪裡？」

「是菲爾告訴我的！」

聽到這個名字，皮特金太太的驚恐不由得又加深了一層。

「這麼說那小子已經取得了您的信任！」皮特金太太說，「他確實不是個好孩子，皮特金先生被迫把他解雇，可是他又跑到您那裡來害我們。」

「為什麼要解雇他？」卡特先生嚴厲地問，「為什麼妳丈

夫在我離開的時候把我喜歡的人趕走？另外，他為什麼不願意幫那個孩子寫介紹信？」

「您得問問皮特金先生，我相信他那麼做一定有他自己的理由的。不過我也覺得菲爾不是什麼好傢伙。」

「是這樣的，媽媽！」阿隆插嘴道。

「呃！我有話問你，阿隆。」卡特先生轉向阿隆問道：「你把我離開前叫你寄的那封信如何處置了？」

「寄出去了呀！」阿隆不由得緊張起來。

「你知道裡面有什麼嗎？」

「不知道。」阿隆忐忑不安地回答道。

「10美元。那封信是叫你寄給菲爾的，可是他根本沒收到。」

「我……不知道這件事。」阿隆吞吞吐吐地說。

卡特先生說：「我也許要請個偵探查查這事。」

阿隆頓時不知道該說什麼好。

「您為什麼責怪我的孩子？」皮特金太太問：「那個叫菲爾的傢伙一直在說這個孩子的壞話？」

「並不是妳說的那樣，娜維亞。」

「阿隆可是您的近親，他對您也很忠誠呀！」

「我可不這樣覺得。」卡特先生似乎覺得皮特金夫人的話有些好笑，「不過菲爾倒沒有極力傷害他。我只是問菲爾是否收到那封信，他說沒有。」

「我敢說他實際上收到了。」皮特金太太咬牙切齒地說道。

「這件事就說到這裡吧！」老先生說：「我只能說妳、阿隆、還有皮特金先生做錯了。你們千方百計傷害了兩個人，其中一個就是妳的表姐。」

「您真不應該這樣對待我，奧利佛姑丈。」皮特金太太覺得自己必須換另外一種辦法了，「我並不討厭瑞貝卡，至於那個男孩，我可以讓皮特金先生再叫他回公司工作。」

「我可不希望如此。」卡特先生出人意料地說道。

「那也好，」皮特金太太鬆了一口氣，「我聽您的。」

「我對菲爾有其他安排。」卡特先生說，「我想讓他做我的私人秘書。」

「他跟您住在一起？」皮特金夫人驚恐失色地問道。

「是的。」

「我覺得您用不著雇用他，奧利佛姑丈。就讓阿隆做您的秘書吧！」

「我不會奪走妳的阿隆的。」卡特先生說，聲音帶著幾分

諷刺的語調，「菲爾更適合我。」

說完，卡特先生轉身繼續收拾東西。

「您真的要離開我們？」皮特金太太憂鬱地問道。

「是的。」

「不過您還是會回來吧！比如說幾個星期以後？」

「不，我想不會。」卡特先生生硬地回答。

「我們再也見不到您了嗎？」

「嗯！我會偶爾來看你們，另外妳也知道我住在哪裡，隨時都可以來看我。」

「別人會議論紛紛的。」皮特金太太抱怨道。

「讓他們說吧！我從來不理會這些閒言閒語。好了，娜維亞，我必須專心收拾東西了。明天我會帶菲爾來幫我一下。」

「讓阿隆幫您行嗎？奧利佛姑丈。」

這個提議被拒絕了，這真使阿隆高興。他害怕姑爺爺會繼續追問那10美元的事。

皮特金太太又羞又惱地走下樓。她要控制奧利佛姑丈，可是依目前的情況來看，她的努力顯然失敗了，福布希夫人和菲爾即將取代她和阿隆在姑丈心目中的地位。皮特金先生下班回來後也聽說了這件事情，但他好像也沒有其他好主意，該怎麼辦呢？

雖然皮特金夫婦得知，菲爾和他們的表姐已贏得了奧利佛

姑丈的歡心。可是他們又不敢把憎恨表現出來。他們發現奧利佛姑丈本來有一份對他們有利的遺囑，並且打算執行。如果他們一開始就對菲爾他們好一點，他就會繼續和他們住在一起，而不會和福布希夫人及菲爾一起住。

「我恨那個女人，皮特金先生！」他妻子狠狠地說：「我看不起她的小人行徑。她怎麼能不動聲色地把奧利佛姑丈給蒙蔽了，還贏得了他的歡心！」

「妳做的真的不怎麼樣，娜維亞。」丈夫氣沖沖地說。

「我？你怎麼可以這樣說我，皮特金先生。這都是你一手造成的，是你把那個小孩趕走了，才引發這樣的後果，他如果待在你公司裡，就不會去碼頭遇見奧利佛姑丈了。」

「可是，這是妳和阿隆讓我這麼做的啊！」

「哈！當然是我和阿隆了，當你看見瑞貝卡·福布希和那個小孩大把大把弄走奧利佛姑丈的錢時，你就會明白了。」

「的確，妳是一個非常不講理的女人，娜維亞。這樣相互指責、怪罪又有什麼用，我們現在要做的就是盡量挽回這一切。」

「我們怎樣才能挽回？」

「我們必須重新與奧利佛姑丈建立良好的關係，他們還沒有得到錢呢——記住這一點！」

「你再說的具體一點，到底該怎麼辦？」

「是的！我們要盡快去拜訪麥迪大道的那個家。」

「去拜訪那個女人？」

「是的，盡量把事情緩和下來。阿隆也要去，叫他對菲爾禮貌些。」

「隆尼不會心甘情願地自貶身價的。」

「他必須那麼做。我們都犯了一個錯誤，越早改正越好。」皮特金先生堅決地說。

皮特金太太在心裡仔細權衡著。這個建議雖然使她不高興，但也只有這樣了。奧利佛姑丈的那些錢，一定不能讓它從自己的指縫間溜掉。所以對阿隆進行適當的培訓一兩天後，皮特金太太便安排好馬車，正式去拜訪她以前的窮親戚。

「福布希夫人在家嗎？」她問傭人。

「在，夫人。」一個男傭回答。

「你把這張名片拿給她。」

皮特金太太和阿隆被帶進客廳，這比他們家的客廳還高雅、豪華。她和阿隆在沙發上坐下了。

「沒想到瑞貝卡‧福布希竟然過著這樣好的生活？」她說。

「還有那小子。」阿隆補充道。

「是的！你姑爺爺真是昏了頭。」

這時福布希夫人走了進來，女兒跟在她後面。她不再穿著

那些破舊衣服，現在穿的是既高雅又脫俗。她本來不想打扮得這麼漂亮的，但奧利佛姑丈堅持要她這麼做。

「很高興見到你們，娜維亞，這是我女兒。」她開門見山的說。

朱麗婭也穿的非常時髦，阿隆儘管對她有偏見，但也情不自禁地喜歡看這個漂亮的表妹。

福布希夫人覺得她現在在表妹面前的舉止與上次見面相比，真是大不相同，當時自己還穿著破舊的衣服去12街拜訪皮特金太太。不過福布希夫人是個寬宏大量的人，不會計較那些事情的。

母子倆正起身要走的時候，卡特先生和菲爾進來了，是福布希夫人叫人去請他們回來的。

「你好，菲爾。阿隆，這是菲爾，」皮特金太太親切地說。

「你好嗎？」阿隆嘟噥道，嫉妒地盯著菲爾那身高貴的新衣，覺得他比自己英俊多了。

「我很好，阿隆。」

「你有時間一定要來我家看隆尼啊！」皮特金太太說。

「謝謝，我會的！」菲爾禮貌地回答。

聽差菲爾

　　他沒有顯示出很高興的樣子，因為他是個直率的孩子，並不感到這有多高興。

　　奧利佛姑丈又差點被姪女的這種姿態給騙了。他為這表面上的和解感到高興，比自己回來時顯得更加親切。

　　沒多久皮特金太太起身告辭。

　　當她又坐回馬車後，她暴躁地說：

　　「我恨透了他們了！」

　　「那您剛才還對他們那樣好，媽媽。」阿隆說。

　　「我是沒有辦法。不過總有一天我會讓奧利佛姑爺爺看到那個陰狠的女人和狡猾的小子耍花招的。」

　　能夠說出這樣的話，才是真實的皮特金太太。

17
菲爾的信用

在菲爾的工作中，有一項就是替卡特先生管理銀行方面的事務。如果卡特先生需要存錢，或者隨時用個人支票提取現金，都會由菲爾去辦理。

前面已經說過，在公司裡卡特先生是個不參與經營活動的合夥人，而皮特金先生才算是真正的老闆理。合夥人當中有個

規定，每人每週可以提取200美元作為日常費用。如果有剩餘，年底時就按照合夥條件進行分配。

菲爾第一次帶著卡特先生的字條在公司出現時，立刻引起了職員們的注意，大家都知道他是被皮特金先生解雇的。然而他現在卻穿著一身新衣，還戴著一只手錶，在在顯示出一副成功人士的派頭。其中最吃驚的人莫過於威爾伯先生了，因為他們是朋友，所以菲爾就聊了幾句。

他問菲爾，「皮特金先生要你回公司嗎？」

「不是的，」菲爾很快回答，「即使他讓我回來也不可能的。」

「那你是另外找到工作了？」

「是的。」

「在哪家公司工作？」

「沒有在公司裡，我在做卡特先生的私人秘書。」

威爾伯先生既驚訝又敬佩地看著他。

「你的工作很輕鬆吧？」他問。

「是的，工作非常愉快。」

「那他給你多少薪資呢？」

「每週12美元，外加食宿。」

「你是在開玩笑吧？」

「沒有，是真的。」

「哦！他還需要秘書嗎？」威爾伯先生問。

「沒有聽說，我想是不需要了。」

「那你一定不住在以前的地方了。」

「是的，我住在麥迪遜大道。對了，威爾伯，你的那位情人現在怎麼樣了？」

一聽此話，威爾伯先生頓時神采飛揚。

「我想現在進展的非常順利。」他說：「有一天晚上我遇見她時，她對我笑了。」

菲爾說：「真讓人高興，皇天不負苦心人呀！有 次我在本子裡就是這樣寫的。」

皮特金先生見到菲爾時的樣子，是菲爾從未想過的。皮特金先生認為自己必須盡力與奧利佛姑丈和好，但他貌似友善的時候，卻遠比粗魯無禮的時候更加危險。他現在甚至謀劃著怎樣讓菲爾陷入困境，進而使他在奧利佛姑丈那裡失去信任。

通常皮特金先生都是把卡特先生的錢用支票方式交給菲爾。但有個星期六，他卻交給菲

爾200美元的現金。

「你看我對你多麼信任。」皮特金先生說，「支票你是花不了的，但現在你卻可以拿著錢跑掉。」

「要是那樣的話，真是太愚蠢了。」菲爾回答。

「是的，是的。我知道你是可信的，不然我就會給你支票了。」

菲爾剛離開辦公大樓時，就有一個公司職員模樣的男人跟上了他，他卻沒有察覺。

啊，菲爾，你已身臨險境卻渾然不知。

此時的菲爾覺得自己應該比平時更加小心，因為身上帶的是現金，是很容易被偷的。其實現在他就處於異常危險之中，只是自己卻毫無察覺罷了。

他來到百老匯大街，沒有搭公共汽車，一路朝著非商業區走去。他知道不用急著回去。便來到一條熱鬧的大街上，和別人一樣，他被繁華的街景深深地吸引住了。

一個看起來約40歲左右、皮膚黝黑的男人總是在一、二十英尺的地方跟著菲爾。但是菲爾是不會注意到他的。

無論這個男人到底想做什麼，他一開始只是形影不離地盯著菲爾。但當兩人都走到布利克街的時候，那個男人突然跑過去追上菲爾。拍了拍菲爾的肩膀，假裝跑了很遠的路一樣，喘著氣。

　　菲爾迅速轉過身。

　　詫異地看著陌生人，「您找我嗎？先生。」他問。

　　「我也不知道是不是你，或許是我弄錯了。你是在為奧利佛・卡特先生做事嗎？」

　　「是的，先生。」

　　「啊！那你就是我要找的孩子了。有個壞消息我必須要告訴你。」

　　「壞消息！」菲爾驚恐地重複道：「是什麼壞消息？」

　　「半小時前卡特先生在大街上突然發病了。」

　　「他……不會死了吧？」菲爾驚慌地問。

　　「不，應該不會，我想他應該會好起來的。」

　　「那他現在在哪裡？」

　　「他現在在我家裡。我根本不認識他，但我在他口袋裡發現一封信，上面寫著『奧利佛・卡特，麥迪遜大道，還有一張名片。他是和皮特金先生先生有生意往來嗎？」

　　「對，先生。」菲爾回答：「那您家住在什麼地方呢？」

　　「我家就在布利克街，離這裡不遠。卡特先生現在正在床上躺著，昏迷不醒。我老婆聽見他總是在叫『菲爾』，我想你應該就是那個菲爾吧？」

　　「是的，我就是菲爾，先生。」

　　「我剛才找到他公司，他們說你剛剛離開。他們告訴我你

的外貌特徵，我就急急忙忙來找你了。你打算去我家看看卡特先生嗎？」

「是的，先生。」菲爾回答道。

「謝謝你，這下我就放心了。你可以告訴他的朋友們，好找人設法把他送回家。」

「我會的，先生，我就住在他家。」

「那真是太好了。」

他們轉身向布利克街走去，菲爾好像想起什麼，說道：「卡特先生怎麼會到這附近來呢？」

「這個我也說不知道，我根本不知道他的事情。」陌生人和藹地說：「也許他在這條街上有房屋吧！」

「我覺得不是這樣的。他很多事都交代我去辦，如果這條街上有什麼房屋需要打理的話，他一定會派我來的。」

「你說的也對。」那個人說：「我什麼都不瞭解，只是隨便猜猜罷了。」

「給他請了醫生沒有？」菲爾問道：「您知道該請什麼樣的醫生嗎？」

「我太太已經派人到第6大道去請醫生了。」陌生人說：

「沒來得及等醫生來，我就趕忙到他的公司去找你了。」

　　這位陌生人的回答敏捷而且合理，而且菲爾也不是一個多疑的人。他如果在這個城裡生活的時間再久一些，他就會慎重考慮這件事了。不過卡特先生早餐時曾說過要出門，而且在他去公司前卡特先生確實也出去了。他一時忽略了自己身上還帶著一大筆錢，但這些他很快就會想起來的。

　　快到第6大道的時候，帶路的陌生人在一間破舊的磚樓前停了下來。

　　「我就住在這裡，請進吧！」那個人說。

　　他拿出鑰匙把門打開，菲爾跟著他上了三樓。然後他打開一間屋子的門，示意菲爾進去。

　　菲爾進屋後，著急的到處張望，想看看卡特先生在哪裡，但屋內根本沒有人。當他轉身想問那位陌生人時，頓時驚訝萬分，然而更讓他吃驚的還不只這些，只見那個人已從裡面把門鎖上了，鑰匙放進自己的口袋！

　　「您幹嘛把門鎖上？」菲爾突然有些驚慌地問。

　　「你認為呢？」陌生人回答，臉上帶著令人厭惡的奸笑。

　　「你為什麼要把門鎖上？」

　　「我想只有這樣才是最安全的。」那個人回答。

　　「卡特先生肯定不在這間屋子裡。」菲爾立刻說道。

　　「他本來就不在，年輕人。」

「那麼你為什麼要騙我？」菲爾非常氣憤。

「我不這樣說，你怎麼肯來這裡呢？」那個人滿不在乎的回答。

「那麼，卡特先生他真的病了嗎？」

「我想他應該沒有生病吧！」

「這麼說你早就預謀好了來騙我的！」

「是的，你現在知道了也沒有關係。」

菲爾現在猜到那個人把他騙到這間屋子裡來的目的，口袋裡的200美元讓他感到非常不安。說實話，要是這筆錢是他自己的，他還不至於那麼擔心。他想如果這筆錢被搶走的話，別人肯定會懷疑自己。而他最不能忍受的，就是卡特先生對自己那麼好，而他卻被誤會成一個見利忘義的小人。可能眼前這個男人還不知道自己身上有這麼多錢，盡量不讓他知道這個秘密。

「我很高興卡特先生沒事，你為什麼要費那麼大心思把我騙到這裡。」菲爾說。

「這個嘛，至少有200個理由。」那個傢伙說。

菲爾的臉一下子變白了，他明白自己的秘密已經被那個人

知道了。

「你說的是什麼意思？」他掩飾不住內心的不安。

「你知道的，小子。」那傢伙說：「你身上有200美元現金，正是我的目的。」

「哦，這麼說你是一個人人喊打的小臭賊了？」菲爾說：他只能用這種豪氣十足的話來給自己壯膽了。

「怎麼這麼說話呢？我可不想被你這個小傢伙侮辱，你最好別罵人。趕快把錢交出來。」

「我身上有多少錢你怎麼知道？」菲爾問，他想盡量多爭取一點時間，好讓自己想辦法脫身。

「你就別管那麼多了。趕快把錢拿出來！」

「你不能搶這些錢。它不是我的！」菲爾急了。

「又不是你自己的錢，交出來有什麼關係？」

「那是卡特先生的錢啊！」

「他有的是錢，不會在乎這些的。」

「但他會認為是我把錢私吞了，會認為我不夠誠實，那我就根本說不清了。」

「這和我沒有關係。」

菲爾懇求說：「讓我走吧！你搶劫我的事我絕對不會說的，要不然你會惹來很大麻煩的。」

「別說廢話！趕快把錢拿來！」男人凶巴巴地說。

「我絕對不會給你的！」菲爾勇敢的回答。

「哼！你不給？那我只好自己動手拿了。如果傷害到你，也只能怪你自己。」

說著他一把抓住菲爾，但菲爾也拼命的反抗著。那傢伙沒想到菲爾竟敢如此勇敢抵抗，他有些憤怒了，他現在才發現自己想拿到錢也不太容易。菲爾自衛的本領，簡直有些出人意料。他雖然是一個強壯的男人，但對手也是一個強壯的男孩，雖然正義在菲爾這一邊，可是在這種情況下正義也會暫時被邪惡壓倒的。

菲爾終於被打倒了，那傢伙用膝蓋死命頂住菲爾的胸口，搶走了菲爾身上的錢。

「服了吧！你這小壞蛋！」那個人站起身來說：「看你自己做的好事。早就叫你交出來你就是不聽。」

「我只要還能動，就必須盡力保護它，絕對不能讓你搶走。」菲爾氣喘吁吁地說。

「好的，如果你願意這樣做，我也沒辦法。」

他走過去把門打開。

「我現在可以走了嗎？」菲爾問道。

「別臭美了，你老老實實在那裡待著吧！」

門被關了起來，屋子裡只剩下孤零零的菲爾。

菲爾走過去推了推門，發現門已經從外面鎖上了。他明白

自己現在已經被牢牢地關了起來。他走到窗前，可是這裡也逃不出去。即使他能安全地鑽出這小窗子跳到屋後的院子裡，可是那裡連門都沒有，只能從這間屋子裡通過，可是房子又被那個傢伙給鎖上了。

「怎麼辦才好呢？」菲爾充滿絕望地說：「卡特先生會擔心我的，也許還會懷疑我把錢拿走了！」

這可不得了。菲爾非常注重名譽，可是現在可能會被人誤解成小偷了，這點讓菲爾痛苦萬分。

「我真是太傻了，竟然落入這個圈套，我應該想到卡特先生是不可能到這裡來的啊！」他自言自語地說。

就這樣幾個小時過去了，菲爾仍然逃不出去。看著時間一分一秒地過去，菲爾也越來越焦躁不安。

「他們到底打算把我關多久啊？總不至於關我一輩子吧？」他問自己。

大約6點鐘，門被打開了一個細縫，不知誰送來了一盤麵包、奶油和一杯冷水。菲爾雖然不是很餓，但他還是吃了送來的食物，他覺得自己必須保持好體力。

「現在看來，他們並不想把我餓死，對自己也算是一種安慰吧。！」他想，只要活著就有希

聽差菲爾

望。

一個多小時了，這間牢房似的屋子也逐漸暗了下來。屋裡有張小床，他決定先睡一覺再說。

突然，不知道外面發生了什麼事情，傳來的聲音特別嘈雜。後來菲爾才在那亂哄哄的聲音中聽到有人驚叫：「著火啦！」

「著火了？什麼地方著火了？」菲爾想。

但他很快被自己看到的景象嚇壞了，著火的地方正是自己的這間房子！ 嗆人的濃煙湧進屋子，外面傳來紛亂的腳步聲和尖叫聲。

「天哪，我要被活活燒死在這裡啊！」菲爾想。

他著急的在屋子裡來回走著，並發瘋似地敲打房門。終於，一個強壯的消防員把門砸開了。菲爾立刻衝出去，差點沒被嗆死。

菲爾一看自己已經到了大街上，就馬上向家裡飛奔而去。

這時候，家裡的人也都在為菲爾的未歸而焦慮不安。

「菲爾到底怎麼了？」到了晚飯時間還沒回來，卡特先生憂心重重地問道。

「他一向都很守時的，我也不知道是怎麼回事。」福布希夫人回答。

「我最擔心的就是這點，我真怕他出了什麼事。」

「奧利佛姑丈，您派他到別的地方去了嗎？」

「對啊！他像以前一樣到皮特金先生先生那裡去領支票了。」

「如果那樣的話他早該回來了。」

「是的，他沒有必要在那裡等很長時間的。」

「菲爾平時總是很細心的，我想他應該不會發生什麼意外吧！」

再細心、謹慎的人，都會出意外的。

最後他們只好坐下來吃晚飯。但是，三個人由於擔心菲爾，誰也吃不下。

奧利佛姑丈說：「這孩子從來沒讓我這麼擔心過，他真是個好孩子，只要他能平安回來，就算是把錢弄丟了我也認了。」

晚上7點45分，門鈴響了。傭人把皮特金先生夫婦和阿隆帶了進來。

寒暄之後，皮特金先生夫婦向四週看了看問：

「怎麼沒看到菲爾呢？」

「我們正為他擔心呢！」卡特先生焦慮地說：「他早上出去到現在還沒回來呢！他去你公司了嗎？皮特金先生。」

「到現在還沒回來？」皮特金先生裝做很不高興，別有用心地問。

「沒有，他離開公司的時候是幾點？」

「好幾個小時了，我也許可以提供一些線索，但我不能保證自己說的完全正確。」

「有什麼話你就趕快說吧！」奧利佛姑丈說。

「我今天給了他200美元現金，沒有開支票。」

「是嗎？」

「這下不就清楚了嗎？200美元對他的誘惑太大了。奧利佛姑丈，我看短時間他是不會回來了。」

「你的意思是說菲爾拿走那筆錢？」老先生氣憤地說。

「他很可能盜用了那筆錢。」

「我肯定他不會的。」福布希夫人說。

「是的。」朱麗婭插嘴說。

皮特金先生聳聳肩說道：

「這只是妳們的婦人之見，我不這樣想。」

「我也不贊成妳們的說法！」皮特金太太極力點頭說，「我始終就不相信這個小孩。我可以告訴你們，我早就警告過阿隆，叫他別和菲爾太親近了。你還記得嗎，隆尼？」

「當然記得，媽媽。」阿隆回答說。

卡特先生平靜地問：「在你看來這筆錢是菲爾拿走了？」

「是的，我是這麼認為。」

「唉！但我可沒有這樣想。」奧利佛姑丈理直氣壯地說。

「您這樣很容易上當的。」皮特金太太說。

「別把話說絕了。」卡特先生回答，別有深意的瞄了她一眼，這一眼看得皮特金太太很不自在。

「我想您得面對這個事實。」皮特金先生說：「如果我猜錯了，那小子要是帶著錢回來，我一定給您賠罪。」

正在這時，他們聽見前門被打開了，菲爾急忙地衝進屋裡。

皮特金先生夫婦驚訝而喪氣地相互看了一眼，福布希夫人、朱麗婭和奧利佛姑丈卻是非常高興。

「菲爾，你去哪裡了？我們都在擔心你。」卡特先生的問話打破了房裡的沈寂。

菲爾回答說：「我有個壞消息告訴您，先生。」他把自己遭遇的一切全部說了出來，「我把上午皮特金先生交給我的200美元弄丟了。」

「是真的弄丟了嗎？」皮特金先生嘲弄道，故意把「弄丟」一詞說得很重，表明自己根本不相信他的話。

「是的，先生，我把錢弄丟了。」菲爾勇敢地盯著皮特金先生的眼睛說：「更正確地說，錢是被人搶走的。」

「噢！原來錢是被人搶走了，是嗎？」皮特金先生說道：「您看，奧利佛姑丈，這件事變得越來越有意思了。」

卡特先生冷靜地說：「是我的錢，還是我自己問好了。」

「是的，錢確實是您的。反正我已經付過了，您沒收到，又不是我的責任。老實說，您該換一個秘書了，這樣才是明智的。」

「為什麼要換？」奧利佛姑丈不滿地說。

「唉！奧利佛姑丈，」皮特金先生說：「我想您最終會採納我的建議的。」

「我覺得讓菲爾自己說是怎麼回事。」卡特先生平靜地說：「怎麼了，菲爾？」

於是菲爾把事情經過講了一遍。

「你們聽，多好的一個傳奇故事啊！」皮特金先生譏諷地說道：「這麼說，你一開始時被一個流氓跟蹤，然後被人騙入賊窩，最後卡特先生的錢被搶走了，因為房子著火你才跑了出來，對嗎？」

「就是這樣，先生。」菲爾說，他看出皮特金先生在刁難自己，氣憤的漲紅了臉。

「你一定是經常看一些無聊的小說吧？要不然你的想像力不會這麼豐富的，小子。」

「我一向都不看小說的，先生。」

「那你一定能寫小說。一個16歲的小傢伙想像力真是又大膽又豐富。」

「我認同我丈夫的看法。」皮特金太太說：「他根本就是在編故事，怎麼可能發生那麼複雜的事呢？你怎麼還有臉站在這裡，指望奧利佛姑丈相信你的謊言呢？」

「我從來都沒有想過要你們夫婦相信我，因為你們對我永遠不會公平的。」菲爾勇敢地說著。

「你馬上就會知道，我姑丈是個很明理的人，他根本不會相信你的謊話。」皮特金太太反駁道。

「娜維亞，只說妳自己的看法就行了。」卡特先生說，他有意讓他們先說出自己的意見，「菲爾說的每個字我都相信。」

「什麼？」皮特金太太有些吃驚，她轉動著眼珠，搖頭說道。她極力想表達自己的想法，但根本沒有用：

「什麼，奧利佛姑丈，像您這樣明智的……」

「謝謝妳的誇獎，娜維亞。」卡特先生嘲諷地說：「繼續說下去。」

「我說您是被這小子迷昏了頭。除了他剛才說的之外，我們什麼也不知道。他根本就是在說謊。」

「菲爾走後有人去找過他嗎？皮特金先生。」

「沒有，先生。不管怎麼說，他肯定在撒謊。」皮特金先

生得意地回答。

「他只是在描述搶他錢的那個人，你要記住，菲爾沒有為自己下任何斷言。」

「是的，我知道。」皮特金先生挖苦道：「他的故事編得很好。」

「我可以把布利克街那間關過我的房子指給您和其他人看，在那裡就能找到發生火災的證據，卡特先生。」菲爾說。

「的確那裡正好發生過一場火災，剛好又被你看見了，於是你就決定把它編進你的故事裡。」皮特金先生說道：「您認為是我拿了錢或者把錢拿去花掉？」菲爾直截了當地問。

皮特金先生聳聳肩。

「小伙子，」他說：「這個嘛，我只是說你的故事根本不可能發生，它是不可信的。」

「讓我說幾句吧！皮特金先生，我問你一個問題。」卡特先生。

「您問我一個問題？」皮特金先生詫異地說。

「對，今天你為什麼要給菲爾現金，而不像以前一樣開支票呢？」

「這，」皮特金先生略微遲疑，然後回答道：「我想現金、支票對您來說都一樣，何況現金更方便些。」

「你為什麼要打破慣例？你認為這星期我特別需要用現金

嗎？」

「說實話，我可沒想那麼多。」皮特金先生猶豫地回答：「那不過是一時衝動罷了。」

「可是你這一衝動讓我損失了200美元！幫幫忙，下週菲爾再去取款的時候，記住一定要開支票。」

「您是說，出了這樣的事您還要繼續用他？」皮特金先生尖刻地問。

「對啊！為什麼不用呢？」

「您太容易相信別人了。」皮特金太太搖著頭說：「如果這件事發生在隆尼身上，您絕不會說這樣的話。」

「也許是的！」老先生冷冷的回答：「我把裝了錢的信交給他去郵寄，而那封信根本沒被寄出，這就可以看出他是多麼粗心。」

「奧利佛姑丈，您這是什麼意思？」皮特金先生問道。

卡特先生耐心地把事情講了一遍。

「您太過分了！」皮特金先生氣憤地說。

「您是說我的孩子拆開信把錢偷走了嗎？」

「我不會像妳那麼輕易指責別人，娜維亞，我只是說，這件事看起來很可疑，但我不想再深究了。」

聽差菲爾

「我看我們最好走吧！皮特金先生。」皮特金太太高傲地站起身說：「現在奧利佛姑丈要指控自己親戚是個賊……」

「請原諒，我可沒那樣說，娜維亞。」

「您就是說了也沒關係。」娜維亞把頭一仰說：「走吧！皮特金先生，走吧！我可憐的兒子，我們回家，這裡不是你們待的地方。」

「晚安，娜維亞，歡迎你們隨時來玩。」卡特先生平靜地說。

「您什麼時候把那小子辭退了，我會再來看您的。」皮特金太太狠狠地說。

「那你要等上一陣子了，我還能管好自己的事。」

當皮特金先生一家人沮喪地離開後，菲爾轉向自己老闆，感激地說：

「卡特先生，您對我這麼仁慈和信任，我不知道怎樣感謝您才好。我講的這件事是有些奇怪，您就是懷疑我了我也不會怪您的。」

「親愛的菲爾，我沒懷疑你啊！」卡特先生慈祥的說。

「我也沒有懷疑你的啊！」福布希夫人說：「他們總是在懷疑你所說的話，我真的很生氣。」

「現在看來，我們之中只有朱麗婭一個人懷疑你了。」卡特先生風趣地說。

「奧利佛姑爺爺！我作夢都沒有懷疑過菲爾。」朱麗婭驚慌地叫道！

卡特先生說：「這麼說來，你至少還有三個朋友。」

菲爾說：「如果，您同意讓我彌補這些損失的話，可以從我部分薪資裡扣除。」

「別想了，菲爾！」卡特先生斷然說：「我不在乎那點錢，但我只想知道那個強盜怎麼會知道你今天取回的正好是現金而不是支票。」

卡特先生沒再對菲爾說別的，但第二天便請一名著名偵探去把那件事弄清楚。

18
偽繼承人

　　一座漂亮的鄉村別墅，座落在芝加哥郊外離城大約12英里的那片美麗的天然林園中間。在屋頂之上雄踞一個圓形拱頂，從那上面可以遠眺那縱橫綿延數英里，像一個寬闊的內陸海一樣的「密歇根湖」。

　　那些平整的草坪、溫室以及種滿樹木和花草的院子，到處

都顯示了這是一座富人的住宅。讀者們也許記得，這就是格蘭維爾先生的豪宅，我們也一直在關注著他兒子的命運。

布倫特太太和喬納斯雖然是冒牌貨，但還是在這位西部百萬富翁家裡找到了立足之地。

是的，對於喬納斯來說，現在被一位富翁認做兒子和繼承人，那真是一步登天！對布倫特太太來說，雖然她不敢公開承認她與喬納斯的關係，但也得以享受到兒子的富豪生活，有兩個上等房間是布倫特太太專用的。以金錢能給人帶來幸福來說，她也許覺得自己是幸福的。

但她真的感覺幸福嗎？

不，她並不像自己想像的那樣幸福。首先，她總是在擔心自己欺騙格蘭維爾先生的行為被人發覺。萬一暴露的話，她馬上就會被可恥地趕出這個奢華的家，當然，她還有丈夫留下的遺產，但這樣一來，她在社會上將會一敗塗地，那是多麼悲哀。

再者，喬納斯也讓她很擔憂，他在一夜之間變成了闊少爺，地位馬上發生了驚人的變化。想要抵禦繁華世界的誘惑，是需要有堅定的意志，而喬納斯是做不到的。真的，如果讓我們來評價他的話，他絕對是一個粗俗的勢利小人，極端自私，只顧滿足自己的私欲。他經常嗜酒，不顧母親的反對，甚至也不理會格蘭維爾先生的管束，只要想喝他就會喝得酩酊大醉，

並不害怕被別人看見。對傭人們，他總是擺出自傲自大、盛氣凌人的架勢，使大家對他十分反感。

　　現在，他穿著最華貴的衣服穿過了草坪。背心上掛著一條粗大的金項鍊，項鍊另一頭掛著一只「父親」買給他的昂貴懷錶。

　　當他經過花圃時，兩個園丁正在那裡辛勤地工作著。

　　「菲爾少爺，現在幾點鐘了？」其中一個比喬納斯大一歲的男孩問道。

　　喬納斯傲慢地說：「好小子，我的錶可不是為你戴的。」

　　小園丁咬住嘴唇，厭惡地看著這位少主人。

　　「好吧！我等一位紳士路過時再問好了。」他回敬道。

　　喬納斯雖然臉上長著雀斑，但也能看得出他被氣得滿臉通紅。

　　「你的意思是說我不是紳士！」他憤怒地問道。

　　「你的行為根本就不像個紳士。」這個叫戴恩的園丁回答。

　　「小子，你最好別對我這樣無禮！」喬納斯叫道，小眼睛裡閃爍著憤怒的光芒，「最好趕快收回你說的話！」

　　「我不會收回的，因為我說的都是事實！」戴恩勇敢地說。

　　「那我就不客氣了！」

喬納斯說著舉起手杖在小園丁的肩膀上狠狠打了一下。

但是，他很快就為自己的行為得到了應有的回報。戴恩把耙子扔掉，猛撲過去，一下子把手杖奪過來，在自己的膝蓋上啪地一聲，折為兩段。

「手杖 還你！」他把折斷的手杖扔在地上，輕蔑地說。

「你竟敢這麼做！」喬納斯惱羞成怒地吼道。

「這是你侮辱我的下場。」

「我侮辱你了嗎？你不過是個窮小工罷了！」

「我寧願窮也不想像你那樣。」戴恩說：「我當然也想有錢，但是我可不願像你一樣卑鄙。」

「你要為這件事付出代價的！」喬納斯憤怒地說，他魚目一樣的小眼睛噴著怒火，「我要讓你今天就走，讓我爸爸一到家就把你趕走。」

「他如果說讓我走，我才會走的！」戴恩說：「他才是一位真正的紳士。」

喬納斯心煩意亂的來到他母親房。

「怎麼了？親愛的孩子，出什麼事情了？喬納斯。」她問。

「我不希望您再叫我親愛的孩子。」喬納斯生氣地說。

「我有時容易忘記的。」布倫特太太微微嘆了一口氣說。

「最好您永遠別忘了。您難道想把一切都搞砸嗎？」

「現在只有我們兩人，我怎麼會忘了自己是你媽媽呢？」

「您知道只有這樣才會對我們有利，所以最好把這個忘掉。」喬納斯說。

布倫特太太雖然非常冷酷。但喬納斯畢竟是她唯一的兒子，她對兒子的依戀勝過一切。以前，喬納斯還會對母親的疼愛做出一點回報，但自從他認為成了富翁的兒子和繼承人以後，他竟然開始瞧不起自己的母親。兒子態度的變化，布倫特太太也能感覺得到，她也為此感到難過。兒子是她生命的全部。但喬納斯卻認為她不應該參與這個陰謀，現在她只是在享受這個陰謀帶來的好處。布倫特太太為了兒子而情願冒險，但他卻如此忘恩負義，這真的讓她難以忍受。

「兒子呀！」她說：「不管怎樣我都不會有損於你的財富，或者影響你的前途，只有我們倆在一起的時侯，我把你當兒子看待也沒什麼錯啊！」

「可是這又有什麼好處呢？」喬納斯抱怨道：「萬一被人無意中聽見怎麼辦？」

「你放心吧！我一定會很小心的。可是你看起來好像很煩燥？」

「戴恩那個窮小子，就是那個小園丁，對我太無禮了。」

「是嗎？他對你怎麼了？」布倫特太太立即問道。

喬納斯把事情經過向他媽媽講了一遍，他發現母親很認真地聽著。

「他的膽了真夠大的！」她咬牙切齒地說。

「就是嘛！當我告訴他我會讓他滾蛋時，他冷冷地轉過身說我爸爸小足真正的紳士，所以是不會趕他走的。您能幫幫我嗎？媽媽。」

「你要我幫你什麼？喬納斯。」

「您幫我在爸爸回來前把他趕走。您能解決好這件事的。」

布倫特太太也猶豫了起來。

「那樣的話，格蘭維爾先生會認為我太不像話了。」

「噢！我知道您能解決好的。如果他對我這麼無禮還讓他留下來的話，那他就會對我為所欲為了。」

布倫特太太雖然猶豫，但還是想達成兒子的願望。

「你去把戴恩叫到這裡來，我有話要對他說。」她說。

喬納斯就趕緊跑出去找戴恩了。

「布倫特太太找我？我和她沒什麼關係呀！」戴恩說。

喬納斯興奮地說：「如果你還不傻的話，就趕快去吧！」

「哦！見見布倫特太太也行，我馬上就去。」戴恩說。

布倫特太太充滿敵意地看著戴恩。

聽差菲爾

「你對菲爾少爺這麼無禮。」她說：「他父親就不會雇用你，這是五美元，比你的工錢還多，拿錢走人吧！」

「布倫特太太，我不會拿您的錢。除非格蘭維爾先生本人讓我走才行。」戴恩很有主見地說。

布倫特太太生氣地說：「什麼，你竟然連我也不放在眼裡？」

「不是的，布倫特太太，我沒有瞧不起您，但是您和我沒有什麼關係，所以，我沒有辦法聽從您的指揮，或接受您的解雇。」

「你竟敢這樣對待我的……」喬納斯在衝動中脫口喊到，又趕快在慌亂中突然打住。

「你說對待你的……什麼？」戴恩立即反問道。

「我是說對待我的……保母。」喬納斯支支吾吾地說。

戴恩疑惑地看著他們兩個人。

「他們兩人之間一定有問題。」他在心裡說：「可是到底是怎麼回事呢？」

戴恩的表姐是格蘭維爾先生家的女傭，比戴恩大三歲。雖

然他們之間只存在表姐弟的感情，但她還是非常關心戴恩的。

戴恩跟布倫特太太談完話後來到廚房。

「喂！哈吉，我可能很快要走了。」他說。

「為什麼呀？戴恩，你不會是因為戀愛了吧？」哈吉驚呀的問。

「不，布倫特太太剛才對我說的。」戴恩回答。

「布倫特太太！你跟她有什麼關係？到底是怎麼回事？」

「都是因為那個高傲的菲爾，她認為這件事她應該管。」

「戴恩表弟，告訴我這是怎麼回事。」

戴恩把經過向表姐說了一遍，當說到菲爾未說完的那句話時，顯得異常激動。

他說：「我覺得，他們兩個一定有問題，要不然布倫特太太到這裡來做什麼呢？」

「哦，是真的？戴恩。」哈吉插嘴說道：「我也知道一些有關的事情。」

「妳還知道些什麼？」

「其實也沒什麼。只是有一天我在無意中聽到他們在一起說話，當時她叫他時叫的是別的名字而不是菲爾。」

「她叫他什麼？」

「她叫他喬納斯！我敢發誓，我確實聽見她叫他喬納斯。」

「那應該才是他的真名。」

「我可不是這樣想的。戴恩，我有個辦法，我去見布倫特太太，讓她覺得我知道這些事的內情。你懂嗎？」

「妳覺得那樣妥當的話妳就去說吧！哈吉。我已經對她說過，我不會接受她的解雇。」

布倫特太太現在正在自己的房間裡。她是個非常會記恨的女人，戴恩竟然漠視她的權威。她知道自己並沒有權利開除戴恩。但現在，即使開除了戴恩，她對他的反感也不會因此而消退。都是狡猾的喬納斯激起了她對戴恩的憤怒。

「媽媽，戴恩竟然這樣不尊重。您在他眼裡還不如一個廚房的幫傭。」他說。

「他會發現自己犯了一個很嚴重的錯。」布倫特太太氣得兩頰通紅，說：「他也會明白，不聽我指揮是不行的。」

「媽媽，要是我是您的話，我絕不會忍氣吞聲。」

「我也不會就這樣算了的！」布倫特太太斬釘截鐵地說。

過了一會兒，布倫特太太聽到外面有敲門聲。

「進來！」她沒好氣地尖聲叫道。

門開了，哈吉從外面走了進來。

「哈吉，妳有什麼事嗎？」布倫特太太詫異地問。

「我聽說您要把戴恩趕走。」女傭問道。

布倫特太太回答：「是的，不過這與妳有什麼關係呢？」

「太太，戴恩是我表弟。」

「這和我沒有關係，他衝撞菲爾少爺，對我也非常無禮。」

「太太，這些我都聽說了，他全都告訴我了。」

「那妳就明白了他為什麼必須走人。他要再找工作的時候，叫他最好規矩點，還要懂得尊重別人。」

「但從他說的情況來看，那根本不是他的錯，太太。」

「就是他的錯！他是個可能承認自己錯的。」布倫特太太冷笑道。

「太太，戴恩是個誠實的好男孩。」

「他都告訴妳些什麼呢？」

哈吉覺得自己施展絕招的時機到了。她用眼睛緊盯著布倫特太太，仔細觀察布倫特太太聽了自己的話後會有什麼反應。

「太太，他對我說他正在花園裡工作，突然喬納斯少爺……」

布倫特太太驚呀地瞪著那位女孩叫道：「妳說什麼！」

「我說他正在花園裡工作，突然喬納斯少爺……」

「妳到底是什麼意思，哈吉，誰是喬納斯少爺？」布倫特太太努力掩飾著內心的恐慌問道。

「我說的是喬納斯，太太。哎呀！我指的是誰呢？當然就是菲爾少爺了。」

聽差菲爾

「這裡怎麼會有喬納斯這個名字呢？」布倫特太太緊張地問。

「這一定是在別的地方聽說過這個名字。」哈吉說著，用眼角迅速機警地瞄了一眼，「看，戴恩只是禮貌地向小主人問了這個問題，但菲爾少爺卻粗暴地回答他，甚至還打他。布倫特太太，我想您最好不要在這件事情上小題大做。與其說是戴恩的錯，還不如說是喬納斯少爺的錯……哦，天哪！請您原諒，我說的是菲爾少爺。」

「那個荒唐的名字別再提了，哈吉！」布倫特太太說：「菲爾少爺和這個名字沒有任何的關係，妳應該知道他的名字是叫菲爾。」

「是的！」喬納斯叫道：「不准亂叫我的名字！」

「至於戴恩這件事情，」布倫特太太又說：「對他這次的魯莽行為我可以到此為止。我也不會對格蘭維爾先生說的，但他以後要更加注意自己的言行。」

「那我真的是太感謝您了，太太。」哈吉一本正經地說。

哈吉走了出布倫特太太的房間後，暗自得意地點了點頭。

「很明白，那老太太已經乖乖地被我牽著鼻子走了，可是

216

這是怎麼回事。就因為喬納斯這個名字，只要以後用得著的時候，我只要說出那個名字肯定沒有問題了。不過我還是不明白其中的原因。」

哈吉把這個消息告訴了戴恩，說他們不會再有麻煩了。至於她用什麼辦法對付布倫特太太，她卻隻字不提。

「我要好好想想這件事情。」她說：「一定有什麼秘密，是關於喬納斯的。我要耐心些，說不定還能知道更多的事情。」

現在的布倫特太太已經有些驚慌失措了，她不知道哈吉究竟知道了他們多少秘密，她很害怕她什麼都知道了。可是她怎麼會知道這個秘密的呢？難道自己和喬納斯的命運從此就掌握在這個女傭的手裡了嗎？想到這裡，她的自尊心已經受到了極大的傷害。

等哈吉出去後，她轉身問喬納斯。

「她怎麼會發現這些呢？」她問。

「她發現了什麼？媽媽。」

「她知道你的名字是喬納斯。我從她的眼神裡能看出這一點的。」

「她肯定是聽到您這樣叫過我。我早就說過的，媽媽，從此以後只能叫我菲爾，千萬不要再亂叫了。」

「總是不能叫你喬納斯，總是不能像對自己的親生兒子

217

跟你說話，心裡多難受。我現在開始覺得付出的代價真的太大了，喬納斯。」

「您又來了，以後別這樣叫我，媽媽！」喬納斯生氣地說。

布倫特太太坐下來，語氣充滿了絕望。

「可是我怕總有一天這一切都會被人發現的。」她說。

「如果您還是這樣的話，肯定會暴露的，媽媽。我覺得，您最好離開這裡。格蘭維爾先生肯定會給您一大筆錢的。我一個人在這裡的話，就不用擔心暴露了。」

「啊！喬納斯，你真的要我走？你真的要讓我離開自己的兒子去過著孤獨的生活嗎？」

她儘管生性冷酷，但她現在也受到了極大的傷害。因為她看到自己的兒子是很認真的希望她離開。

19
重大發現

「我能請幾天假嗎？卡特先生，」菲爾問道。

「當然沒問題，菲爾，你有什麼安排嗎？」老先生回答說。

「我想回去看幾個朋友。我離開村子好幾個月了，很想回去看看他們。」

「你有這個願望是很正常的。可是你那裡不是已經沒有家了嗎？」

「對，但我可以住在湯米・卡凡那家。他會很歡迎我去的。」

「你繼母和她兒子走後，一點消息也沒有，真奇怪。」

「真的有些可疑，應該有什麼原因使他們突然間消失了。」卡特先生若有所思地說。

「我也不知道。」菲爾不解地說。

「房子現在有人住嗎？」

「有人住，聽說布倫特太太的一個表弟現在住在那裡。我也會去打聽打聽他們的情況。」

「好的，菲爾。你想哪天去都可以。你應該能確定他們是很高興你回去的。」

回到普朗克鎮，雖然他的親戚們都很不高興，但菲爾有很多朋友，當他在街上出現時，就能遇到很多朋友。湯米・卡凡那就是最先遇見他的人。

「菲爾，你從什麼地方來的？」他問道：「真高興看見你。你現在住在哪裡？」

「現在還沒有住的地方呢！湯米。要是你媽媽願意的話，我就住在你家裡好嗎？」

「願意？你要是去住的話她高興還來不及呢！只要你別嫌

我家房子小就行了。」

「我是沒有問題的，湯米，只要你和你媽媽沒意見，我就無話可說了。」

「菲爾，看起來你出去謀生並不很辛苦嘛！你在做什麼工作？」

「我現在過得還可以，不過也有擔心受怕的時候。但只要結局好的話，一切就算好了。我給一位有錢人做私人秘書，住在麥迪遜大道一棟用褐色石頭砌成的漂亮房子裡。」

「我早就知道你會成功的！你真行，菲爾。」

「布倫特太太到哪裡去了？沒有一點消息嗎？」

「她表弟現在住在你家的舊房子裡，我想除了她那個表弟，村子裡恐怕沒人知道她到哪裡去了。」

「他的名字叫什麼？」

「他叫休伊・雷諾。」

「他這個人怎麼樣？」

「他自己一人住在那裡，聽說他自己煮飯吃。根本不和別人交往，所以沒人跟他熟悉。村裡的人也都不喜歡他。」

「我想要去看看他，順便打聽一下布倫特太太的情況。」

「菲爾，真要想去的話你最好一個人去，因為他不喜歡別人去他家，我們一起去的話反而會壞了你的事。」

菲爾高興地四處看望他的朋友，朋友們的熱情接待使他感

到非常高興。

第二天下午，他才朝那個房子走去。

這裡我們要插一段故事，讓它說明菲爾的到來是如何的及時。

客廳裡坐著房子現在的主人休伊·雷諾先生，他個子不高，皮膚黝黑，長著一個大鷹鉤鼻。現在他很不高興，這與一封他正在看的信有關。為了滿足大家的好奇，不妨告訴大家，這是一封來自芝加哥的信，當然是布倫特太太寫來的。我們摘錄其中的一段：

你現在要我不收房租，不僅要把房子白白地讓你住，而且還要我給你看管費，這也太不合理了吧！你憑什麼要錢，你只不過幫我看管房子。說實話，這間房子有許多人想租，而且租金也出的很高。其實，我也考慮把這個房子租出去，那樣對我來說簡直太好了，尤其是在你好像連這樣的好事都不滿的時候。你說我有很多錢，還說我們過的很舒適，但這並不能讓我隨意揮霍丈夫留下的那一點點錢呀！我勸你實際一些，要不然我就讓你搬走。

「她還和以前一樣的自私。」雷諾先生又把信從頭到尾看了一遍後，低聲抱怨說：「表姐一向都不希望別人家好過一點。她以為可以這樣對待我，她想錯了。我要報復，有她好受

的！有這份資料（如果她知道在我這裡），我的任何要求她都會答應的。」

他打開一張縱向摺疊的紙，原來是布倫特先生的遺囑。

他打開文件大聲讀到：

茲遺贈5000美元給名叫菲爾・布倫特的男孩，他是我兒子，儘管並非親生。我要求把這筆錢交給他選定的監護人保管，直到他年滿21歲為止。

「這份遺囑一定是布倫特太太小心收藏著，」雷諾先生說道：「這樣的話，她和她兒子就能得到那筆錢。只能怪她粗心，沒把它燒掉。再說，不管怎樣她離開普朗克鎮時也應該把它帶走。這可是個致命的秘密。現在我得到了它，我一定要好好利用它。讓我想想，該怎麼辦才好？」

雷諾先生想了很久時間，最後決定寫封信給布倫特太太，暗示他發現了這個重要證據，並以此向她索取至少1000美元的保密費。他正要著手行動的時候，由於一個意外事件使他改變了打算。

這時候門鈴突然響起，雷諾先生十分驚訝地打開門，因為平時根本沒有人會來他家做客。他在門口看到一個英俊的高個子男孩，但並不認識。

「你是來找我嗎？你叫什麼名字？」他問。

「菲爾・布倫特。」

「你說什麼！」雷諾先生激動地大叫道：「你就是前些日子剛去世的布倫特先生的孩子？」

「是的，我一直被他當做自己的孩子。」菲爾回答說。

「趕快進來吧！見到你真的很高興。」雷諾先生說。菲爾走進屋，他沒想到雷諾先生竟然如此熱情。

這時候，雷諾先生決定把那個秘密告訴菲爾。他相信菲爾不僅會感激他並且還會給他很好的回報。這樣的話，他就達到報復布倫特太太的目的，她對自己實在太過分了。

「我一直在盼望著你的到來，我要告訴你一個天大的秘密。」雷諾先生說。

「如果是關於我父母的事情，那我早就知道了。」菲爾說。

「不是的，是一件對你很有利的事情。但是如果我把它告訴你，布倫特太太會永遠恨我的，再也不會幫助我了。」

「如果這件事情真的對我有好處，我可以彌補你的一切損失，你放心，我非常守信。」菲爾說。

「有你這句話就夠了。我相信你是一個能信守諾言的年輕人。」

「雷諾先生，但是你一定要公平對待我。」

「這份文件就是所有的秘密了。」

「是一份遺囑嗎？」菲爾吃驚地叫道。

「對，這是布倫特先生的遺囑。按照這個遺囑，他給你留下了5000美元遺產。」

「他真的沒有忘記我。」菲爾說。他相信布倫特先生從來都沒有忘記過自己，這比他得到這些錢還要高興。「怎麼我從沒聽說過這件事呢？」看完遺囑後他抬起頭問道。

雷諾先生意味深長地說：「你只能去問布倫特太太了！」

「你的意思是她故意隱瞞這件事？」

「對。」雷諾先生簡潔的回答。

「她在哪裡？我一定要見到她。」

「我只能告訴你，她的信是從芝加哥寄來的，但詳細地址她卻非常保密。」

「那我就到芝加哥去一趟。這份文件我可以帶走嗎？」

「當然沒有問題，但你最好把它交到律師手裡比較安全。你不會忘了還欠我一點什麼吧？」

「絕對不會的，雷諾先生。我保證你不會為了這件事蒙受損失。」

菲爾第二天早上回到了紐約。

我想大家都能猜到，菲爾向紐約的朋友們講述了在家期間

聽差菲爾

所知道的有關父親遺囑的事情，立刻引起了他們的很大關注。

「你的繼母真是個卑鄙、無恥的女人。」卡特先生說：「現在很明白，她離開你家是想掩飾這件事情。然而我不明白，她為什麼會留下這個證據呢？這是一個很嚴重的疏忽。你覺得她知道這個遺囑嗎？」

「她肯定知道，可是我寧願她不知道。」菲爾回答：「我寧願相信她根本沒有這樣的想法。」

「無論怎樣，現在的任務是想辦法找到她，讓她出來對質。」

「您是贊成我到芝加哥？」菲爾問。

「當然要去，而且是非去不可！我也會和你一起去的。」

「是真的嗎？先生。」菲爾高興地說：「您真是太好了。我這麼小，對這些事情根本不懂，一個人去還真有些膽怯。」

「你真是個聰明的孩子。」卡特先生微笑著說：「你不用把我說得那麼好。其實我在芝加哥也有一些生意，我想趁此機會親自去照料一下。我對西部鐵路建設很感興趣，它的總部也設在那裡。」

「那我們什麼時候動身呢？先生。」

「明天走，」卡特先生馬上回答：「越快越好。你現在可以馬上到城裡買車票。」

24小時後，菲爾和他老闆搭乘一輛開往芝加哥的特快列

車。

　　他們準時到達芝加哥，一路上沒什麼值得一提的事情。他們在帕爾默旅館訂好了房間。

　　真是非常巧合，一樣的時間及同一家旅館內，菲爾要找的人也來到這裡。他們正是布倫特太太·喬納斯（或者叫做菲爾·格蘭維爾）和格蘭維爾先生本人。

　　他們三人來到芝加哥，其實也是各有各的想法。我們知道，格蘭維爾先生家其實不在芝加哥。

　　本來是喬納斯提出想到芝加哥來住上一個星期，他覺得鄉村生活非常枯燥、乏味。

　　格蘭維爾先生也溺愛自己的孩子，總想用各種方式來彌補自己遺棄孩子多年的過失。所以他同意了喬納斯的要求。

　　「想到城裡去看看很正常的，孩子。」他說：「沒有關係的，我們就到那裡去。我們在帕爾默旅館住一週。布倫特太太，妳也和我們一起去嗎？」

　　「我非常願意，格蘭維爾先生。」布倫特太太回答：「對我來說，雖然不覺得這裡的生活枯燥，不過我也願意出去調劑一下。總之，您和您孩子到哪裡去，我都願意陪著。」

　　「那好吧！我們就明天早上動身。」

　　布倫特太太有一個秘密的心願和計劃是大家不知道的。她感到她現在的處境十分危險。她的陰謀隨時都可能被人拆穿，

聽差菲爾

要是那樣所有的榮華富貴都將化為烏有。但是如果能想辦法讓格蘭維爾先生和自己結婚，她就安全了，就算騙局被揭穿；喬納斯也會名正言順地成為她的兒子。她因此對格蘭維爾先生言聽計從，什麼事都先替他著想，盡力地表現出和藹慈祥、溫柔沈著而有女人味的樣子，而這些東西也是她未有過的。

「瞧，媽媽，」喬納斯有一次說：「我們來到這裡以後，您改變了很多。性情比以前好多了。」

布倫特太太聽後雖然很高興，但她並不把兒子當做自己的知心人。

她說：「我覺得這裡的生活比較適合我，所以我變了很多。」

可是當他們要前往芝加哥的時候，布倫特太太卻感到莫名的不安。

她說：「喬納斯，我為我們這次去芝加哥感到擔心。」

「你擔心什麼？媽媽。我們肯定會玩得很痛快的。」

「我有預感會有什麼不好的事情發生。」她憂慮地說。

直到現在，不去肯定是不行了。再說喬納斯非常想去，她也沒有什麼好的藉口讓他們取消這次旅行。

20
大結局

　　菲爾很快到了芝加哥，但這只是他尋人計劃的第一步。事實上，布倫特太太信封上的地址根本不能證明她就住這座城市。

　　「剛剛開始，菲爾。」卡特先生說：「你要找的人可能近在咫尺，也可能遠在天邊。」

「是這樣的，先生。」

「我有一個好辦法，保證能讓你找到他們，登廣告。他們當然不想被別人發現，所以登廣告這個方法不好。」

「您有什麼其他的好主意嗎？先生。」

「我們可以找一個偵探到郵局去看看，可是這招也不一定有用。布倫特太太可能會派其他人去拿信。不過我相信我們遲早能找到他們。」

「你當過偵探嗎？先生。」菲爾笑著問。

「沒有，不過我曾經請偵探幫過忙。今晚去看戲好嗎？」

「好啊！」

「今晚邁克維劇院有一場精彩的戲劇。我們去看看吧！」

「沒問題，卡特先生。」

「年輕人總是好商量。」他說：「當你們年齡大了以後就會變得講究一些。不過邁克維劇院總會有一些不錯的節目。」

菲爾和他的老闆晚飯吃得很晚，演出開始後十分鐘，他們才匆忙趕到劇場

帷幕升起後。菲爾聚精會神地看著舞臺，直到第一幕結束，他才向四周看了一下。

突然之間，他幾乎從座位上跳了起來。

「怎麼了，菲爾？」卡特先生問。

「你看，你看那裡！」菲爾一邊用手指著他們前面第四排

的兩個人，一邊激動地說道。

「你認識他們嗎？菲爾。」

「那是我繼母和喬納斯。」菲爾急切地說道。

「真的？那太好了！」卡特先生也激動地說道：「你能肯定嗎？」

「當然，絕對沒錯。」

正在此時，布倫特太太轉過臉，開始跟身邊的一位紳士說起話來。

「那位先生是誰？」卡特先生接著問道：「布倫特太太又結婚了嗎？」

「我也不大清楚。」菲爾也糊塗了。

「不能讓他們溜掉了。趕快回旅館！打聽清楚離這裡最近的一家偵探社在哪裡，叫他們派人直接到這裡來，弄清楚你繼母和她兒子的住址。」

菲爾趕緊照辦，等他回到劇院時，第二幕已接近尾聲。跟他一起來的是一個從容不迫的小個子偵探，看起來質樸實、謙遜而又十分老練。

卡特先生繼續說：「你現在可以大膽地走上前去，跟你那幾位朋友說幾句。」

「我可不想把他們當朋友，先生。演出結束前，我不想見他們。」

聽差菲爾

　　但菲爾還是被迫提前行動了。第四幕劇剛結束時，喬納斯無意中向身後看了看，碰巧看見了菲爾。

　　他一臉驚慌的抓住母親的手臂低聲說道：

　　「媽媽，菲爾就坐在我們後面。」

　　布倫特太太的心幾乎停止了跳動。她知道自己的陰謀隨時可能被拆穿。

　　只見她臉色蒼白，悄悄問兒子：

　　「他看見我們了嗎？」

　　「他正目不轉睛地盯著我們呢！」

　　說是遲，那時快，菲爾馬上離開自己的座位，徑直走到了繼母前面。

　　「您好嗎？布倫特太太。」他問。

　　她盯著菲爾，一言不發。

　　「你好嗎？喬納斯。」菲爾接著問道。

　　「我不叫喬納斯。」喬納斯壓低聲音說。

　　就在他們講話的時候，格蘭維爾先生緊盯著菲爾。難道男孩的臉上寫著什麼東西嗎？

　　「你搞錯了，孩子。」布倫特太太說：「我不是你叫的什麼布倫特太太，這孩子也不叫什麼喬納斯。」

　　「那麼他叫什麼？」菲爾問道。

　　「我叫菲爾‧格蘭維爾。」喬納斯立即說道。

「是嗎？那麼快就改名字了。」菲爾挖苦地說：「六個月前，我們還住在普朗克鎮，你的名字叫喬納斯·維布。」

「你是個瘋子！」布倫特太太說：「我兒子叫菲爾。」

「你叫菲爾？」格蘭維爾激動地大聲問。

「是的，先生，這位女士是我的繼母，這是他兒子喬納斯。」

「你是誰的兒子？」格蘭維爾先生看樣子有些喘不過氣來。

「我不知道，先生。在我很小的時候，就被父親留在這位太太死去的丈夫開的旅館裡。」

「那你一定就是我兒子了！」格蘭維爾先生說。

「你？是你丟下了我？」

「我把兒子交給了布倫特先生，而這位太太告訴我，這個孩子就是我的兒子。」

事情發生的太突然，太讓人吃驚了，布倫特太太一下昏了過去。

「跟我來，我不能再讓你從我眼前消失了，我的孩子！」格蘭維爾先生接著問道：「你住在哪裡？」

「帕爾默旅店。」

「我也住在那裡。你去叫一輛馬車來好嗎？」

布倫特太太被送回了旅館，喬納斯滿懷不安地跟著。

很快，他們三人來到了旅館的會客室。

格蘭維爾先生很快認定了這個菲爾才是自己的親生兒子。

格蘭維爾先生高興地說：「我一點都不喜歡他，那個叫做喬納斯的孩子。」

「布倫特太太設下了一個天大的騙局。」卡特先生說。

「她是個厚顏無恥的人。」格蘭維爾先生說：「我絕對不會原諒她。」

「還有比這更讓人難以忍受的呢！布倫特先生在遺囑中留給了菲爾5000美元，她卻把那份遺囑藏了起來。」

「我的天啊！這是真的嗎？」

「我們有證據。」

第二天，布倫特太太被迫承認了她欺騙格蘭維爾先生的事實。

「妳為什麼要設下這個陰謀呢？」格蘭維爾先生震驚地問道。

「我想讓我兒子變得富有。而且，我恨菲爾。」

「幸好你惡毒的陰謀沒有得逞，否則我下半輩子的幸福就被妳給毀了。」

「你們要把我怎麼樣？」布倫特太太焦慮地問道。

最後，他們決定還是不要公開這件事。菲爾曾經打算放棄布倫特先生留給他的那筆遺產，但格蘭維爾先生表示反對，他認為那樣只會助長欺騙行為。而且，布倫特太太還能得到那筆5000美元的遺產。他們同意菲爾任意處置這筆錢，於是他把它平分給了湯米‧卡瓦那和雷諾先生。

布倫特太太決定不回普朗克鎮了。她覺得自己的所作所為確實令人難堪。後來她在芝加哥開了一間女帽小店。喬納斯還是讓她傷透腦筋，這個孩子不但懶惰，而且酗酒成性。

「我怎麼捨得離開你呢？菲爾。」卡特先生惋惜地說道：

「我知道你應該留在父親身邊，但我真的捨不得你離開。」

「不必擔心。」格蘭維爾先生說：「我正想搬到紐約去，夏天再回芝加哥。我家房子寬敞，所以我想請您和您姪女福布希夫人到我家來做客。」

事情就這樣解決了。福布希夫人和她的女兒成為卡特先生的繼承人，卡特先生完全擺脫了皮特金一家人。因為他透過一位偵探查明，搶劫菲爾的那個人，是受皮特金先生指使的。卡特先生撤回了他在皮特金公司的投資。而皮特金先生由於信譽太差，公

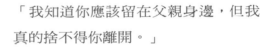

司幾乎瀕臨破產的地步。

「我不會讓娜維亞受苦的。」奧利佛姑丈說道：「我會給她一筆錢，比如1000多美元吧！當然我再也不會再把她當做親戚了。」

菲爾現在已年滿21歲了，朱麗婭也變成了一位美麗動人的女孩。菲爾經常討好朱麗婭‧福布希，希望能夠和卡特先生建立某種更為密切的關係。在卡特先生看來，這是件再好不過的事情了，因為這個不起眼的小聽差菲爾‧格蘭維爾如今已經成為一個了不起的人物了。

國家圖書館出版品預行編目資料

聽差菲爾／霍瑞修・愛爾傑著.
－－初版－－ 台北市：宇炯文化 出版；
紅螞蟻圖書發行，2007〔民96〕
面　　 公分，──(Classic；1)
ISBN 978-957-659-621-6 (平裝)

874.59　　　　　　　　　　 96011167

Classic 01

聽差菲爾

作　　者／霍瑞修・愛爾傑
發 行 人／賴秀珍
榮譽總監／張錦基
總 編 輯／何南輝
特約編輯／林芊玲
美術編輯／龍于設計工作室
出　　版／宇炯文化出版有限公司
發　　行／紅螞蟻圖書有限公司
地　　址／台北市內湖區舊宗路二段121巷28號4F
網　　站／www.e-redant.com
郵撥帳號／1604621-1　紅螞蟻圖書有限公司
電　　話／(02)2795-3656 (代表號)
傳　　眞／(02)2795-4100
登 記 證／局版北市業字第1446號
港澳總經銷／和平圖書有限公司
地　　址／香港柴灣嘉業街12號百樂門大廈17F
電　　話／(852)2804-6687
新馬總經銷／諾文文化事業私人有限公司
新加坡／ TEL:(65)6462-6141　FAX:(65)6469-4043
馬來西亞／ TEL:(603)9179-6333　FAX:(603)9179-6060
法律顧問／許晏賓律師
印 刷 廠／鴻運彩色印刷有限公司
出版日期／2007年7月　第一版第一刷

定價 220 元　港幣 73 元